공통 언어를 향한 꿈

공통 언어를 향한 꿈

에이드리언 리치

허현숙 옮김

THE DREAM OF
A COMMON LANGUAGE

Adrienne Rich

THE DREAM OF A COMMON LANGUAGE:
POEMS 1974-1977
by Adrienne Rich

차례

일러두기

1   작품 번역에는 노튼 출판사(W. W. Norton & Company)의 다음 책을
    사용했다.
    Adrienne Rich, *The Dream Of A Common Language: Poems 1974-1977*,
    1978.
2   원문의 이탤릭체는 모두 고딕으로 표기했다.

나는 간다 내가 사랑하고 사랑받는 곳
눈 속으로.

나는 간다 내가 사랑하는 것들에게로
의무나 연민을 전혀 생각지 않으며.

── 힐다 둘리틀,『꽃피우는 지팡이』에서

1부

힘

POWER

Living   in the earth-deposits   of our history

Today a backhoe divulged   out of a crumbling flank of earth
one bottle   amber   perfect   a hundred-year-old
cure for fever   or melancholy   a tonic
for living on this earth   in the winters of this climate

Today I was reading about Marie Curie:
she must have known she suffered   from radiation sickness
her body bombarded for years   by the element
she had purified
It seems she denied to the end
the source of the cataracts on her eyes
the cracked and suppurating skin   of her finger-ends
till she could no longer hold   a test-tube or a pencil

She died   a famous woman   denying
her wounds
denying
her wounds   came   from the same source as her power

                                                          1974

힘

우리 역사의   대지 퇴적물 안에서   살기

오늘 굴삭기가   허물어지는 대지의 옆구리에서 드러냈다
백 년 된   완벽한   호박   병 하나를
열 또는   우울증 치료제   이 기후의 겨울에
이 땅에서 살기 위해   필요한 물약

나는 오늘 마리 퀴리에 대해 읽고 있었다
그녀는   방사선 병으로 아프다는 것을 분명 알고 있었다
자신이 정제한   성분으로 인해 수년 동안 망가진 몸
그녀는 끝까지 부인했던 듯하다
자기 눈의 백내장의 원인을
그녀가 더 이상 시험관이나 연필을   쥘 수 없을 때까지
손가락 끝   피부가 갈라지고 고름이 나오는 원인을

그녀는   유명한 여성으로 죽었다   자신의 상처를
부인하면서
자신의 상처가   자신의 힘과 똑같은 근원으로부터 왔음을
부인하면서

(1974)

13

PHANTASIA FOR ELVIRA SHATAYEV

(leader of a women's climbing team, all of whom died in a
storm on Lenin Peak, August 1974. Later, Shatayev's
husband found and buried the bodies.)

The cold felt cold until our blood
grew colder   then the wind
died down and we slept

If in this sleep I speak
it's with a voice no longer personal
(I want to say   *with voices*)
When the wind tore   our breath from us at last
we had no need of words
For months   for years   each one of us
had felt her own *yes*   growing in her
slowly forming   as she stood at windows   waited
for trains   mended her rucksack   combed her hair
What we were to learn   was simply   what we had
up here   as out of all words   that *yes*   gathered
its forces   fused itself   and only just in time
to meet a *No* of no degrees
the black hole   sucking the world in

엘비라 샤타예브를 위한 환상곡

(여성 등반 팀의 리더. 1974년 8월 레닌봉[1]에서 폭풍우를
만나 팀원들 모두 죽다. 그녀의 남편이 나중에 시신들을
찾아 장례를 치르다.)

추위가 더 강해져 우리의 피는
더 춥게 느껴졌다   그리고 바람은
잦아졌고 우리는 잠들었다

이 잠 속에서 내가 말한다면
그것은 더 이상 개인적이지 않은 목소리
(**목소리들**이라고   말하고 싶다)
바람이 결국   우리의 숨결을 앗아 갈 때
우리는 말이 필요 없었다
여러 달   여러 해   우리 각자
창가에 서서 기차를   기다릴 때
배낭을 수선할 때   머리를 빗을 때
자신의 **그래**라는 말이 내면에서 천천히   차오르는 것을
    느꼈다
우리가 배우게 된 것은   그저 우리가 이 위에서
지니게 된 것   저 **그래**라는 말은   모든 말들로부터
    왔으므로
힘을 모으고   스스로 결합했다   그리고 바로 그때
아무런 과정도 없는 아니야를 만나게 되었을 뿐
세상을 빨아들이는   블랙홀

I feel you climbing toward me

your cleated bootsoles leaving   their geometric bite

colossally embossed   on microscopic crystals

as when I trailed you in the Caucasus

Now I am further

ahead   than either of us dreamed   anyone would be

I have become

the white snow packed like asphalt by the wind

the women I love   lightly flung   against the mountain

that blue sky

our frozen eyes unribboned   through the storm

we could have stitched that blueness   together   like a quilt

You come (I know this)   with your love   your loss

strapped to your body   with your tape-recorder   camera

ice-pick   against advisement

to give us burial in the snow   and in your mind

While my body lies out here

flashing like a prism   into your eyes

how could you sleep   You climbed here for yourself

we climbed for ourselves

나는 당신이 나를 향해 오른다고 느낀다
미세한 수정 위에   거대하게 새겨진
기하학적인 자국을   남기는 당신의 징 박힌 신발창
내가 코카서스[2]에서 당신의 뒤를 따라갔을 때처럼
나는 지금 우리 중 누군가가 닿으리라   꿈꾸었던 것보다
앞서서   더 멀리 와 있다
나는 바람에 의해
마치 아스팔트처럼 뭉쳐진 흰 눈이 되었다
내가 사랑한 여자들   산과 저 푸른 하늘에
맞서   가벼이 돌진한
화장하지 않은 우리의 얼어붙은 눈   폭풍우를 뚫고
우리는 저 푸르름을   마치 퀼트처럼   서로 꿰맬 수 있었다

당신은   당신의 사랑과   상실로 온다 (나는 이것을 안다)
몸에 밧줄을 묶고   테이프레코더 카메라
얼음 깨는 송곳을 들고   충고에 저항하며
눈 속에   마음속에 우리를 매장하려고
당신 눈을 향해   프리즘처럼 빛을 쏘며
내 몸이 이곳에 뻗어 누워 있는 동안
당신은 어떻게 잠들 수 있었을지   당신 스스로 이곳에
    올랐다
우리는 우리 스스로 올랐다

When you have buried us   told your story
ours does not end   we stream
into the unfinished   the unbegun
the possible
Every cell's core of heat   pulsed out of us
into the thin air   of the universe
the armature of rock beneath these snows
this mountain   which has taken   the imprint of our minds
through changes elemental and minute
as those we underwent
to bring each other here
choosing ourselves   each other   and this life
whose every breath   and grasp   and further foothold
is somewhere   still enacted   and continuing

In the diary I wrote: *Now we are ready*
and each of us knows it   I have never loved
like this   I have never seen
my own forces so taken up and shared
and given back
After the long training   the early sieges

당신이 우리를 파묻고   당신의 이야기를 전했을 때
우리 이야기는 끝나지 않는다   우리는 흘러 들어간다
미완의 것   아직 시작하지 않은 것
가능한 것 속으로
열기를 지닌 모든 세포핵   우리에게서 고동치며 나와
우주의   옅은 대기 속으로 들어간다
이 눈 아래 바위의 형태
광포하고도 세밀한 변화를 지나
우리 정신의 자취를 삼킨   이 산
우리가 지나온 것들처럼
각자   우리 자신과   이 삶을 택하며
각자 이곳에 데려오니
모든 숨결과   통제와   더 나아가는 발판은
어디에서인가   여전히 이뤄지고   계속된다

나는 매일 일기에 썼다: 지금 우리는 준비되어 있고
우리 각자 그것을 알고 있다   나는 결코 이처럼
사랑한 적 없다   나의 힘이 그러모아져 나뉘고
되돌려지는 것을
본 적 없다
오랜 훈련 끝   이른 포위

we are moving almost effortlessly in our love

In the diary as the wind   began to tear
at the tents over us   I wrote:
We know now we have always been in danger
down in our separateness
and now up here together   but till now
we had not touched our strength

In the diary torn from my fingers I had written:
What does love mean
what does it mean   "to survive"
A cable of blue fire ropes our bodies
burning together in the snow   We will not live
to settle for less   We have dreamed of this
all of our lives

1974

우리는 사랑으로 거의 노력 없이 나아간다

바람이 머리 위　텐트를 찢어 버리기　시작할 때
나는 일기에 썼다.
우리는 지금 안다 고립된 채
그리고 지금은 이곳 높은 곳에서
함께 위험에 처했음을　그러나 지금까지
우리는 우리의 힘에 손대지 않았음을

손가락으로 찢어 낸 일기장에 나는 썼다
사랑은 무엇을 의미하는지
"생존한다는 것"이　무엇을 의미하는지
푸른 불의 케이블이 우리의 몸을 묶고
눈 속에서 모두 태운다　우리는 이보다 덜한 것을 위해
안주하며 살지는 않을 것이다 우리는 이것을 꿈꿔 왔다
우리 모두의 삶

(1974)

ORIGINS AND HISTORY
OF CONSCIOUSNESS

I

Night-life. Letters, journals, bourbon
sloshed in the glass. Poems crucified on the wall,
dissected, their bird-wings severed
like trophies. No one lives in this room
without living through some kind of crisis.

No one lives in this room
without confronting the whiteness of the wall
behind the poems, planks of books,
photographs of dead heroines.
Without contemplating last and late
the true nature of poetry. The drive
to connect. The dream of a common language.

Thinking of lovers, their blind faith, their
experienced crucifixions,
my envy is not simple. I have dreamed of going to bed
as walking into clear water ringed by a snowy wood
white as cold sheets, thinking, *I'll freeze in there.*
My bare feet are numbed already by the snow
but the water

의식의 기원과 역사

1
밤의 인생. 편지, 일기, 잔 속에서
찰랑거리는 버번. 벽에 십자가로 못 박힌 시,
절개된, 새 날개
마치 전리품처럼 잘린. 이 방에서는
누구도 위기를 겪지 않고 사는 사람 없다.

이 방에서는 누구도 살아가지 않는다
시, 책 선반, 죽은 영웅들 사진들 뒤
하얀 벽을 마주하지 않고.
최근 그리고 이즈음의
진정한 시의 본질을 생각지 않고. 연결하려는
욕구. 공통 언어를 향한 꿈.

연인들, 그들의 맹목적 믿음, 그들의
희생 경험을 생각할 때,
내 질투는 간단치 않다. 나는 침대로 가는 꿈을 꿨다
나는 저 안에서 얼어 죽을 거야, 생각하며.
차가운 시트처럼 하얀 눈 덮인 숲으로 둘러싸인
맑은 물속으로 들어갈 때,
나의 맨발은 이미 눈으로 무감각해졌으나
물은

is mild, I sink and float
like a warm amphibious animal
that has broken the net, has run
through fields of snow leavi ng no print;
this water washes off the scent —
You are clear now
of the hunter, the trapper
the wardens of the mind —

yet the warm animal dreams on
of another animal
swimming under the snow-flecked surface of the pool,
and wakes, and sleeps again.

No one sleeps in this room without
the dream of a common language.

II
It was simple to meet you, simple to take your eyes
into mine, saying: these are eyes I have known
from the first… It was simple to touch you

부드러워, 나는 가라앉다가 떠오른다
마치 그물을 뚫고 나와
아무 자국도 남기지 않고 눈밭을 달려 나간
따뜻한 양서류 동물처럼.
이 물은 냄새를 씻어 낸다 ──
너는 지금 자유롭다
사냥꾼, 덫
정신의 관리인으로부터 ──

그러나 온혈 동물은 계속 꿈을 꾼다
드문드문 눈 내린 연못 아래에서
헤엄치는 다른 동물을,
그러다 깨어나, 다시 잠든다.

이 방에서는 공통 언어를 꿈꾸지 않고
잠자는 사람 아무도 없다.

2
당신을 만나는 일은 간단했다, 당신의 눈을
내 눈 속에 담는 일은 간단했다, 이 눈은
내가 처음부터 알았던 눈이야라고 말하며…… 간단한
    일이었다

against the hacked background, the grain of what we
had been, the choices, years… It was even simple
to take each other's lives in our hands, as bodies.

What is not simple: to wake from drowning
from where the ocean beat inside us like an afterbirth
into this common, acute particularity
these two selves who walked half a lifetime untouching —
to wake to something deceptively simple: a glass
sweated with dew, a ring of the telephone, a scream
of someone beaten up far down in the street
causing each of us to listen to her own inward scream

knowing the mind of the mugger and the mugged
as any woman must who stands to survive this city,
this century, this life…
each of us having loved the flesh in its clenched or loosened
     beauty
better than trees or music (yet loving those too
as if they were flesh — and they are — but the flesh
of beings unfathomed as yet in our roughly literal life).

난도질당한 배경, 우리를 이룬 난알, 선택, 세월에 기대어
너를 만지는 것은…… 심지어 서로의 인생을,
몸처럼 우리의 손에 받아 드는 것은 간단했다.

간단하지 않은 것이 있다. 우리 내면에서 대양이
마치 출산 후처럼 철썩이는 곳에 빠졌다가
이 공통의 강렬한 독특함으로 깨어나는 일,
반평생 접촉 없이 걸었던 이 두 자아 —
감쪽같이 단순한 어떤 것으로 깨어나는 일. 이슬 맺힌 잔,
전화기 소리, 우리 각자 그녀 내면의 비명에 귀 기울이게
        하는
길거리 저 너머 매 맞는 누군가의 비명

강도와 강도당한 사람의 마음을 아는 일
이 도시, 이 세기, 이 삶에서 살아 내려는 여성이라면
그래야 하듯……
우리 각자 단정하거나 흐트러진 아름다운 몸을
나무나 음악보다 더 사랑했다. (마치 몸인 듯, 그리고
        몸이지만,
우리의 문자 그대로의 인생에서 대략
아직 헤아리지 못한 존재들의 몸을 사랑하며)

III

It's simple to wake from sleep with a stranger,
dress, go out, drink coffee,
enter a life again. It isn't simple
to wake from sleep into the neighborhood
of one neither strange nor familiar
whom we have chosen to trust. Trusting, untrusting,
we lowered ourselves into this, let ourselves
downward hand over hand as on a rope that quivered
over the unsearched… We did this. Conceived
of each other, conceived each other in a darkness
which I remember as drenched in light.

                              I want to call this, life.

But I can't call it life until we start to move
beyond this secret circle of fire
where our bodies are giant shadows flung on a wall
where the night becomes our inner darkness, and sleeps
like a dumb beast, head on her paws, in the corner.

                                    1972-1974

3
낯선 이와 함께 잠에서 깨어나
옷을 입고, 외출하고, 커피를 마시고,
다시 삶으로 들어가는 것은 간단하다. 잠에서 깨어
우리가 믿기로 한
낯설지도 않고 친숙하지도 않은 이웃 속으로
들어가는 것은 간단하지 않다. 믿고, 믿지 않으며
우리는 우리 자신을 이 상태로 낮추어, 손 위에 손을
내려놓도록 스스로 허용한다, 마치 발견되지 않은 자들
　　위에서
흔들리는 밧줄처럼…… 우리는 이렇게 했다. 서로를 인식했다,
내 기억으로는 빛 속에 잠긴
어둠 속에서 서로를 인식했다.
　　　　　　　　　　나는 이것을, 인생이라고 부르고 싶다.

그러나 나는 우리의 몸이 벽에 걸린 거대한 그림자가 되고
밤이 우리 내면의 어둠이 되어, 마치 구석에서,
머리를 발 위에 놓고 있는, 말 못하는 짐승처럼 잠드는
이 비밀스러운 둥근 불길 너머로
우리가 나아가기 시작해야 비로소 이를 인생이라고 부를 수
　　있다

　　　　　　　　　　　　　　　　　(1972-1974)

29

SPLITTINGS

1

My body opens over San Francisco like the daylight
raining down   each pore crying the change of light
I am not with her   I have been waking off and on
all night to that pain   not simply absence but
the presence of the past   destructive
to living here and now   Yet if I could instruct
myself, if we could learn to learn from pain
even as it grasps us   if the mind, the mind that lives
in this body could refuse   to let itself be crushed
in that grasp   it would loosen   Pain would have to stand
off from me and listen   its dark breath still on me
but the mind could begin to speak to pain
and pain would have to answer:

                              We are older now
we have met before   these are my hands before your eyes
my figure blotting out   all that is not mine

분열

1
내 몸은 마치 쏟아져 내리는 햇살처럼
샌프란시스코 위로 열린다   땀구멍 하나하나 빛의 변화를
    외치는데
나는 그녀와 함께 있지 않다   나는 밤새 저 아픔에
잠들다 깨어났다   그저 부재뿐만은 아니고
다만 이곳에서 지금 살아가는 것에   파괴적인
과거의 존재뿐   그러나 내가 만약 나 자신을
가르칠 수 있고, 우리를 움켜쥐고 있는 고통으로부터
배우는 법을 우리가 배울 수 있다면   만약 정신, 육체 속에
    살아가는
정신이 그 손아귀에서 바스라져 버리는 것을
거부할 수 있다면   그것은 느슨해질 것이다. 고통은 내게서
떨어져 서서 내게 여전히 부는   어둔 숨결에 귀 기울여야
    할 것이냐
정신은 고통을 향해 말하기 시작할 수 있을 것이며
고통은 대답해야 할 것이다:

                      우리는 지금 더 나이가 들었다
우리는 이전에 만난 적이 있다   이들은 당신 눈앞에 있는 나의
    손이다
나의 것이 아닌 모든 것을   지우는 내 모습

I am the pain of division   creator of divisions
it is I who blot your lover from you
and not the time-zones nor the miles
It is not separation   calls me forth   but I
who am separation   And remember
I have no existence   apart from you

2

I believe I am choosing something new
not to suffer uselessly   yet still to feel
Does the infant memorize the body of the mother
and create her in absence?   or simply cry
primordial loneliness?   does the bed of the stream
once diverted   mourning   remember wetness?
But we, we live so much in these
configurations of the past   I choose
to separate her   from my past we have not shared
I choose not to suffer uselessly
to detect primordial pain as it stalks toward me
flashing its bleak torch in my eyes   blotting out
her particular being   the details of her love

나는 분열의 고통   분열을 창조한 자
당신에게서 당신의 연인을 지운 자는
시간도 거리도 아닌 바로 나
이별이 나를 불러낸 것이 아니라 내가
이별이다   그러니 기억하라
나는 당신과 떨어져서는   존재하지 않는다

2
나는 내가 무의미하게 고통을 겪지 않으려고   그러나
    여전히
느끼려고 어떤 새로운 것을 택한다고 믿는다
아기는 어머니의 몸을 기억하고
그녀의 부재에서 그녀를 창조할까?   아니면 그저
태고의 외로움을 외칠 뿐일까?   강물 바닥은
방향을 일단 바꾸면   슬퍼하며   축축함을 기억할까?
그러나 우리는, 우리는 너무나 많이
이러한 과거의 배열 속에 살고 있다   나는 공유하지 않은
나의 과거로부터 그녀를 떼어 내기로 한다
나는 의미 없이 고통스러워하지 않기로 한다
태곳적 고통이 내 눈 속에 음산한 횃불을 비추며
그녀의 특별한 존재   그녀 사랑의 세부 내용을 지우며
나를 향해 걸어올 때 그것을 알아채려 한다

I will not be divided   from her or from myself
by myths of separation
while her mind and body in Manhattan are more with me
than the smell of eucalyptus coolly burning   on these hills

3
The world tells me I am its creature
I am raked by eyes   brushed by hands
I want to crawl into her for refuge   lay my head
in the space   between her breast and shoulder
abnegating power for love
as women have done   or hiding
from power in her love   like a man
I refuse these givens   the splitting
between love and action   I am choosing
not to suffer uselessly   and not to use her
I choose to love   this time for once
with all my intelligence

1974

나는 이별의 신화로
그녀 혹은 나 자신으로부터   떨어지지 않을 것이다
맨해튼에 있는 그녀의 정신과 육체가
이 언덕 위에서   차갑게 타오르는 유칼립투스 향보다 더
    자주 나와 함께 하는 한

3
세상은 내게 내가 그 창조물이라고 말한다
나는 눈으로 그러모아져   손에 스쳐 지나간다
나는 은신처를 찾아 그녀 안으로 기어들어
그녀의 젖가슴과 어깨 사이   공간에 내 머리를   누이고
    싶다
여자들이 해 왔듯   사랑에 대한 힘을
부정하며   또는 남자처럼   그녀 사랑의
힘에서   숨으며
나는 이렇게 주어지는 것들   사랑과 행동 사이
분열을 거부한다   나는 의미 없이
고통을 겪지 않기로   그녀를 이용하지 않기로 한다
나는 이번만은   내 모든 지성을   다하여
사랑하기로 한다

(1974)

HUNGER
(FOR AUDRE LORDE)

1

A fogged hill-scene on an enormous continent,
intimacy rigged with terrors,
a sequence of blurs the Chinese painter's ink-stick planned,
a scene of desolation comforted
by two human figures recklessly exposed,
leaning together in a sticklike boat
in the foreground. Maybe we look like this,
I don't know. I'm wondering
whether we even have what we think we have —
lighted windows signifying shelter,
a film of domesticity
over fragile roofs. I know I'm partly somewhere else —
huts strung across a drought-stretched land
not mine, dried breasts, mine and not mine, a mother
watching my children shrink with hunger.
I live in my Western skin,
my Western vision, torn
and flung to what I can't control or even fathom.
Quantify suffering, you could rule the world.

굶주림
(오드리 로드[3]에게)

1
거대한 대륙의 안개 낀 언덕 풍경
두려움을 동반한 친밀함
중국 화가의 붓이 계획한 일련의 흐릿함,
앞 쪽의 지팡이 같은 배에 함께 몸을 기댄,
무방비로 노출된 두 명의 인간 형상에
위안받는 황막한 장면, 아마 우리는 이런 모습이겠지,
나는 모르겠다. 나는 궁금하다
우리가 갖고 있다고 생각하는 것을 실제로 갖고 있는지 ─
보호소를 의미하는 불 밝힌 창문,
허술한 지붕 너머
가족 영화. 나는 어느 정도 다른 곳에 있음을 안다 ─
그러나 가뭄으로 뻗은 땅 가로질러 매달린 오두막집은
내 것이 아니다, 메마른 가슴, 내 것이며 내 것이 아닌,
        굶주림으로
움츠러든 내 아이들을 지켜보는 어머니.
나는 서양인의 피부로 산다,
나의 서구적 시각, 내가 통제할 수도
이해할 수도 없는 것에 찢기고 내던져진.
고통을 헤아려라, 세상을 지배할 수 있으리.

2

They can rule the world while they can persuade us
our pain belongs in some order.
Is death by famine worse than death by suicide,
than a life of famine and suicide, if a black lesbian dies,
if a white prostitute dies, if a woman genius
starves herself to feed others,
self-hatred battening on her body?
Something that kills us or leaves us half-alive
is raging under the name of an "act of god"
in Chad, in Niger, in the Upper Volta —
yes, that male god that acts on us and on our children,
that male State that acts on us and on our children
till our brains are blunted by malnutrition,
yet sharpened by the passion for survival,
our powers expended daily on the struggle
to hand a kind of life on to our children,
to change reality for our lovers
even in a single trembling drop of water.

2
그들은 세상을 지배할 수 있다 우리의 아픔이 어떤 질서
    안에 있다고
우리를 설득할 수 있는 한.
굶어 죽는 것이 자살로 죽는 것보다
기아와 자살의 삶보다 더 나쁜가,
만약 흑인 레즈비언이 죽는다면,
백인 창녀가 죽는다면, 어떤 여성 천재가 다른 이들을
먹여 살리느라 그녀 자신은 굶는다면,
그녀의 몸에서 자기 증오는 살찌는데?
우리를 죽이거나 반쯤 죽이는 어떤 것이
차드, 니제르, 오트 볼타[4]에서
'신의 행위'라는 이름으로 휘몰아치고 있다 —
그렇다, 우리와 우리 아이들에게 영향을 끼치는 남성 신
우리와 우리 아이들에게 영향을 끼치는 저 남성 국가
우리의 뇌가 영양 부족으로 무감각해질 때까지,
그러나 생존에 대한 열정으로,
우리 아이들에게 이를테면 생명을 넘겨주려,
심지어 떨리는 단 한 방울의 물로도
우리 사랑하는 이들을 위해 현실을 변화시키려
매일 싸우면서 확대되는 힘으로 날카로워질 때까지.

3

We can look at each other through both our lifetimes

like those two figures in the sticklike boat

flung together in the Chinese ink-scene;

even our intimacies are rigged with terror.

Quantify suffering? My guilt at least is open,

I stand convicted by all my convictions —

you, too. We shrink from touching

our power, we shrink away, we starve ourselves

and each other, we're scared shitless

of what it could be to take and use our love,

hose it on a city, on a world,

to wield and guide its spray, destroying

poisons, parasites, rats, viruses —

like the terrible mothers we long and dread to be.

4

The decision to feed the world

is the real decision. No revolution

has chosen it. For that choice requires

that women shall be free.

I choke on the taste of bread in North America

3
우리는 우리 둘 모두의 생애 동안 서로 바라볼 수 있다
중국 그림 속 지팡이 같은 배 안에
함께 던져진 두 명의 형상처럼.
그러나 우리의 친밀함에는 두려움이 따른다.
고통을 헤아리라고? 적어도 내 죄는 드러나 있고,
나는 모든 확신으로 유죄 판결을 받고 서 있다 ──
너 또한, 그렇다. 우리는 우리의 힘을
만지기를 꺼린다, 우리는 쪼그라든다, 우리는 굶어 죽는다
그리고 서로, 우리의 사랑을 받아들여 사용하는 것이
우리가 갈망하면서도 되기 두려워하는 무서운 어머니 같은
독, 기생충, 박쥐, 바이러스를 ── 파괴하면서
그것을 도시에, 세상에, 뿌리며 그 분무액을
휘두르고 호위하는 것이
어떤 것이 될지 우리는 무섭다.

4
세상을 먹여 살리겠다는 결정은
현실적인 결정이다. 어떤 혁명도
그것을 택하지 않았다. 왜냐하면 그 결정은
여성이 자유로워야 함을 요구하므로.
나는 북미 지역의 빵 맛에 숨이 막히지만

but the taste of hunger in North America
is poisoning me. Yes, I'm alive to write these words,
to leaf through Kollwitz's women
huddling the stricken children into their stricken arms
the "mothers" drained of milk, the "survivors" driven
to self-abortion, self-starvation, to a vision
bitter, concrete, and wordless.
I'm alive to want more than life,
want it for others starving and unborn,
to name the deprivations boring
into my will, my affections, into the brains
of daughters, sisters, lovers caught in the crossfire
of terrorists of the mind.
In the black mirror of the subway window
hangs my own face, hollow with anger and desire.
Swathed in exhaustion, on the trampled newsprint,
a woman shields a dead child from the camera.
The passion to be inscribes her body.
Until we find each other, we are alone.

1974-1975

북미에서의 굶주림의 맛은
나를 독살시킨다. 그렇다, 나는 살아서 이 말들을 쓰며,
다친 아이들을 다친 팔로 안은 콜비츠[5]의 여성들을 넘겨
    본다
젖이 말라 버린 '어머니들',
스스로 임신 중절을 행하도록, 스스로 굶어 죽도록,
지독하고, 생생한,
그러나 말 없는 광경에 내몰린 '생존자들'.
나는 살면서 삶 이상을 원하며
굶주리는 다른 사람들과 아직 태어나지 않은 사람들을 위해
나의 의지, 나의 사랑 속으로,
정신의 폭력주의자들의 십자 포화를 고스란히 받고 있는
딸과 자매들, 연인들의 뇌 속으로, 뚫고 들어온 헐벗음에
이름 지어 주고 싶다.
지하철 검은 유리창에
분노와 욕망으로 핼쑥한, 내 얼굴이 걸려 있다.
피곤에 절어, 짓밟힌 신문지에 앉아
어떤 여성이 카메라로부터 죽은 아이를 가린다.
생존하려는 열망이 그녀의 몸에 새겨진다.
우리가 서로를 찾을 때까지, 우리는 혼자다.

(1974 1975)

TO A POET

Ice splits   under the metal
shovel   another day
hazed light off fogged panes
cruelty of winter   landlocked   your life
wrapped round you   in your twenties
an old bathrobe   dragged down
with milkstains   tearstains dust

Scraping eggcrust from the child's
dried dish   skimming the skin
from cooled milk   wringing diapers
Language floats at the vanishing-point
incarnate   breathes the fluorescent bulb
primary   states the scarred grain of the floor
and on the ceiling in torn plaster laughs   *imago*

> *and I have fears that you will cease to be*
> *before your pen has glean'd your teeming brain*

for you are not a suicide
but no-one calls this murder

어느 시인에게

얼음이 갈라진다   금속
삽 아래에서   다른 날
증기 서린 판유리를 가리는 안개 낀 빛
겨울의 잔혹함이   네 삶을   봉쇄하고
이십 대의   너를 둘러쌌다
우유 자국   눈물 자국   먼지가 있는
낡은 목욕용 가운이   질질 끌린다

아이의 메마른 접시에서 달걀 부스러기를
긁어내며   차가워진 우유에서
우유 찌꺼기를 떠내고   기저귀를 움켜쥘 때
언어는 소실점에서 떠돌다
인간의 형상으로   형광 전구의 불빛을 내뿜고
깃털로   바닥의 상처 난 결을 그리는데
갈라진 석고 천장 틈새에서는   이마고[6]가 웃는다

　　　그리고 나는 움찔거리는 너의 머리에서 네 펜이 이삭을
　　　　　줍기도 전에
　　　네가 존재하기를 그만둘까 두렵다

너는 자살은 아니나
아무도 이를 살해라 하지 않는다

Small mouths, needy, suck you: *This is love*

I write this   not for you
who fight to write your own
words   fighting up the falls
but for another woman   dumb
with loneliness   dust   seeping plastic bags
with children   in a house
where language floats and spins
abortion   In
the bowl

1974

궁핍한, 작은 입들이, 너를 빨아들인다. 이것이 사랑이다

나는 이 글을   너 자신의 말을 쓰려
싸우고   추락을 끌어올리려 싸우는
너를 위해 쓰는 것이 아니라
말 없는   다른 여성을 위해 쓴다
외로움   먼지 속에   아이들과 함께
플라스틱 봉지들을 줄줄 흘리며
언어가 떠다니고   그릇
속에서   낙태를 돌리는
집 안에서

(1974)

CARTOGRAPHIES OF SILENCE

1

A conversation begins
with a lie. And each

speaker of the so-called common language feels
the ice-floe split, the drift apart

as if powerless, as if up against
a force of nature

A poem can begin
with a lie. And be torn up.

A conversation has other laws
recharges itself with its own

false energy. Cannot be torn
up. Infiltrates our blood. Repeats itself.

Inscribes with its unreturning stylus
the isolation it denies.

침묵의 도면

1
대화는 거짓말로
시작한다. 그리고 소위

이른바 공통 언어를 말하는 사람들은 느낀다
마치 힘이 없는 양, 마치 자연의 힘에

거스르는 양
조각조각 떠다니는, 얼음 덩어리를

시는 거짓말로
시작할 수 있다. 그리고 파기될 수 있다.

대화는 다른 법칙을 지녀
자체의 그릇된 에너지로

재충전한다. 파기될 수
없다. 우리 핏속으로 다시 잠입한다. 자체 반복한다.

되돌아오지 않는 바늘로
자신이 부정하는 고립을 삭인다.

2

The classical music station
playing hour upon hour in the apartment

the picking up and picking up
and again picking up the telephone

The syllables uttering
the old script over and over

The loneliness of the liar
living in the formal network of the lie

twisting the dials to drown the terror
beneath the unsaid word

3

The technology of silence
The rituals, etiquette

the blurring of terms
silence not absence

2
아파트에서 매시간 연주하는
고전 음악 방송

전화기를 들었다 다시 들고
자꾸 다시 들며

옛날 대본을 자꾸자꾸
말하는 음절들

거짓말의 공식적 관계 안에 사는
거짓말쟁이의 외로움

토로되지 않는 말 아래로
폭력을 가라앉히려 다이얼을 비틀며

3
침묵의 기술
의례, 예의

용어들을 뭉개기
말이나 음악 심지어

of words or music or even
raw sounds

Silence can be a plan
rigorously executed

the blueprint to a life

It is a presence
it has a history   a form

Do not confuse it
with any kind of absence

4
How calm, how inoffensive these words
begin to seem to me

though begun in grief and anger
Can I break through this film of the abstract

날것 소리의
부재가 아닌 침묵

침묵은 엄밀하게
실행한 계획일 수 있다

인생의 청사진

그것은 어떤 존재다
그것에는 어떤 역사   어떤 형태가 있다

그것을 어떤 유(流)의 부재와도
혼동하지 말라

4
이 말들은 나에게 어찌나 평온하고,
어찌나 비공격적으로 보이기 시작하는지

슬픔과 분노로 시작했음에도
나는 나 자신이니 너에게 상처 입히시 않고

without wounding myself or you
there is enough pain here

This is why the classical or the jazz music station plays?
to give a ground of meaning to our pain?

5
The silence that strips bare:
In Dreyer's *Passion of Joan*

Falconetti's face, hair shorn, a great geography
mutely surveyed by the camera

If there were a poetry where this could happen
not as blank spaces or as words

stretched like a skin over meanings
but as silence falls at the end

of a night through which two people
have talked till dawn

이 추상의 표층을 뚫을 수 있을까
여기 아픔은 충분한데

이것이 고전 음악이나 재즈 방송국이 방송하는 이유일까?
우리의 아픔에 근본적인 의미를 부여하려고?

5
벗기니 드러나는 고요함
드레이어의 「잔 다르크의 수난」[7]에서

팔코네티의 얼굴, 깎인 머리카락, 카메라로
말없이 점검된 커다란 지형

이런 것이 일어날 수 있는 시가 있다면
텅 빈 공간이나 의미 위에

마치 실크처럼 펼쳐진 말과 같은 것이 아니라
두 사람이 새벽이 될 때까지

이야기 나누는 밤의 끝자락에
고요함이 드리우는 것과 같은

6

The scream
of an illegitimate voice

It has ceased to hear itself, therefore
it asks itself

How do I exist?

This was the silence I wanted to break in you
I had questions but you would not answer

I had answers but you could not use them
This is useless to you and perhaps to others

7

It was an old theme even for me:
Language cannot do everything —

chalk it on the walls where the dead poets
lie in their mausoleums

6
불법적인 목소리의
비명

그것은 스스로 듣기를 멈추니,
자신에게 묻는다

나는 어떻게 존재하는가?

이것이 내가 네 안에서 깨뜨리려는 침묵이었다
나는 질문했지만 너는 대답하려 하지 않았다

내가 답을 갖고 있었지만 너는 그것을 사용할 수 없었고
이것은 너에게 그리고 아마 다른 사람들에게도 소용없다

7
그것은 내게도 오랜 주제였다.
언어는 모든 것을 할 수 없으니 ——

죽은 시인들이 묘지 안에
누워 있는 곳 벽에 분필로 쓰라

If at the will of the poet the poem
could turn into a thing

a granite flank laid bare, a lifted head
alight with dew

If it could simply look you in the face
with naked eyeballs, not letting you turn

till you, and I who long to make this thing,
were finally clarified together in its stare

8
No. Let me have this dust,
these pale clouds dourly lingering, these words

moving with ferocious accuracy
like the blind child's fingers

or the newborn infant's mouth
violent with hunger

만약 시인의 유언으로
시가 어떤 사물로

다 드러난 화강암 측면으로, 이슬로
빛나게 치켜올려진 머리가 된다면

그것이 그저 당신을 육안으로
바라볼 수 있다면, 너를 돌아서게 하지 않기

너와, 이런 일이 일어나기를 고대하던 내가
그 응시 속에서 결국 함께 명료해질 때까지는

8
아니다. 갖게 해 다오 이 먼지를,
이 지루하게 머뭇거리는 흐린 구름들을,

눈먼 아이의 손가락처럼
또는 배고파 격렬한

막 태어난 아기의 입처럼
맹렬하고 정교하게 움직이는 이 말들을

No one can give me, I have long ago
taken this method

whether of bran pouring from the loose-woven sack
or of the bunsen-flame turned low and blue

If from time to time I envy
the pure annunciations to the eye

the *visio beatifica*
if from time to time I long to turn

like the Eleusinian hierophant
holding up a simple ear of grain

for return to the concrete and everlasting world
what in fact I keep choosing

are these words, these whispers, conversations
from which time after time the truth breaks moist and green.

1975

아무도 내게 줄 수 없다, 나는 오래전에
이 방법을 취했다

느슨하게 짜인 자루에서 쏟아진 쌀겨이든
사그라지며 희미해지는 분젠 불꽃[8]이든

내가 종종 질투한다면
하느님 영광의 시현

보기에 순수한 성 수태고지를
내가 종종 마치 엘레우시스[9] 사제처럼

소박한 낟알 한 방울 들고
구체적이며 영원한 세상으로

돌아가려 갈망한다면
사실 내가 줄곧 선택하는 것은

이 말들, 이 속삭임, 대화다
가끔 진리가 촉촉하고 푸르게 터져 나오는.

(19/5)

THE LIONESS

The scent of her beauty draws me to her place.
The desert stretches, edge from edge.
Rock. Silver grasses. Drinking-hole.
The starry sky.
The lioness pauses
in her back-and-forth pacing of three yards square
and looks at me. Her eyes
are truthful. They mirror rivers,
seacoasts, volcanoes, the warmth
of moon-bathed promontories.
Under her haunches' golden hide
flows an innate, half-abnegated power.
Her walk
is bounded. Three square yards
encompass where she goes.

In country like this, I say, *the problem is always*
one of straying too far, not of staying
within bounds. There are caves,
high rocks, you don't explore. Yet you know
they exist. Her proud, vulnerable head
sniffs toward them. It is her country, she

암사자

그녀의 아름다운 향내가 나를 그녀에게로 이끈다.
사막이, 끝에서 끝까지, 펼쳐져 있다.
바위. 은빛 풀잎들. 물 마시는 구멍.
별이 빛나는 하늘.
암사자가 멈춰 선다
3제곱 야드[10]를 오고 가다
나를 바라본다. 그 눈은
진실하다. 눈이 강을,
해변을, 화산을, 달빛에 젖은
곳을 거울처럼 비친다.
그 엉덩이 황금색 거죽 아래
타고난 힘이 반은 억제되어 흐르고 있다.
그 걸음걸이는
기운차다. 3제곱 야드는
그녀가 가는 곳을 에워싼다.

나 말하거니, 이런 시골에서, 문제는 늘
경계 안에 머무는 것이 아니라,
너무 멀리에서 헤매는 것이다. 네가 탐험하지 않는
동굴, 높다란 바위들이 있다. 그러나 너는 안다
그것들이 존재함. 그녀의 당당하고 연약한 머리는
그것들을 향해 킁킁거린다. 그것은 그녀의 나라, 그것들이

knows they exist.

I come towards her in the starlight.
I look into her eyes
as one who loves can look,
entering the space behind her eyeballs,
leaving myself outside.
So, at last, through her pupils,
I see what she is seeing:
between her and the river's flood,
the volcano veiled in rainbow,
a pen that measures three yards square.
Lashed bars.
The cage.
The penance.

1975

존재함을 그녀는 안다.

별빛을 받으며 나는 그녀를 향해 간다.
그녀의 눈을 들여다본다
사랑하는 이가 볼 수 있듯이,
그녀의 눈동자 뒤 공간으로 들어가,
나를 밖에 두며.
그렇게, 드디어, 그녀의 눈동자를 통해,
나는 그녀가 보고 있는 것을 본다.
그녀와 강물의 홍수 사이,
무지개로 가려진 화산,
3제곱 야드를 재는 펜.
밧줄로 묶인 창살.
우리.
속죄.

(1975)

2부

스물한 편의 사랑 시

I

Wherever in this city, screens flicker
with pornography, with science-fiction vampires,
victimized hirelings bending to the lash,
we also have to walk… if simply as we walk
through the rainsoaked garbage, the tabloid cruelties
of our own neighborhoods.
We need to grasp our lives inseparable
from those rancid dreams, that blurt of metal, those disgraces,
and the red begonia perilously flashing
from a tenement sill six stories high,
or the long-legged young girls playing ball
in the junior highschool playground.
No one has imagined us. We want to live like trees,
sycamores blazing through the sulfuric air,
dappled with scars, still exuberantly budding,
our animal passion rooted in the city.

1

이 도시 어디에서든, 스크린은 깜박거려
포르노로, 공상 과학 흡혈귀들로,
채찍에 굴복하여 희생된 고용인들로,
우리 또한 걸어야만 해…… 우리가 그저 비에 젖은 쓰레기,
우리 이웃의 잔혹한 대중 신문을 지나며
걷는 것이라 해도.
우리는 삶을 붙잡아야 해
그 고약한 꿈들, 불쑥 튀어나온 저 금속, 그 불명예들,
그리고 6층 높이 다세대 주택에서
위태롭게 반짝이는 빨간 베고니아,
혹은 중학교 운동장에서 공놀이하는
긴 다리의 여학생들과 떼어 놓을 수 없는.
그 누구도 우리에 대해 상상한 적 없어. 우리는 나무처럼
　　살고 싶어
유황 대기 속에서도 빛나고, 상처로 얼룩져도
여전히 무성하게 싹을 틔우는 플라타너스처럼,
우리의 동물적 열정을 이 도시에 뿌리내리고.

II

I wake up in your bed. I know I have been dreaming.

Much earlier, the alarm broke us from each other,

you've been at your desk for hours. I know what I dreamed:

our friend the poet comes into my room

where I've been writing for days,

drafts, carbons, poems are scattered everywhere,

and I want to show her one poem

which is the poem of my life. But I hesitate,

and wake. You've kissed my hair

to wake me. *I dreamed you were a poem,*

I say, *a poem I wanted to show someone…*

and I laugh and fall dreaming again

of the desire to show you to everyone I love,

to move openly together

in the pull of gravity, which is not simple,

which carries the feathered grass a long way down the

    upbreathing air.

2

나는 네 침대에서 잠을 깨지. 꿈꾸고 있었음을 나는 알아.
훨씬 전, 자명종 소리에 우리는 서로 떨어졌지,
너는 몇 시간을 책상에 앉아 있었어. 나는 어떤 꿈을
　　꾸었는지 알아:
우리의 친구인 시인이 들어오지
내가 수일간 글 쓰던 방으로,
초고들, 연필들, 시편들이 여기저기 널려 있어,
그리고 나는 그녀에게 시 한 편을 보여 주고 싶어
그것은 내 삶에 관한 시야. 하지만 나는 망설여,
그리고 깼어. 너는 내 머리카락에 입 맞추었지
나를 깨우려고. 당신이 한 편의 시가 되는 꿈을 꾸었어,
나는 말하지, 누군가에게 보여 주고 싶은 한 편의 시……
나는 웃으며 다시 꿈에 빠져들어
내가 사랑하는 모든 이에게 너를 보여 주고,
간단치 않지만, 허공으로 불어 올린 깃털 같은 풀을
저만치 아래로 끌어당기는 중력을 느끼면서,
드러내 놓고 함께 돌아다니고 싶은 욕망에 관한 꿈.

III

Since we're not young, weeks have to do time

for years of missing each other. Yet only this odd warp

in time tells me we're not young.

Did I ever walk the morning streets at twenty,

my limbs streaming with a purer joy?

did I lean from any window over the city

listening for the future

as I listen here with nerves tuned for your ring?

And you, you move toward me with the same tempo.

Your eyes are everlasting, the green spark

of the blue-eyed grass of early summer,

the green-blue wild cress washed by the spring.

At twenty, yes: we thought we'd live forever.

At forty-five, I want to know even our limits.

I touch you knowing we weren't born tomorrow,

and somehow, each of us will help the other live,

and somewhere, each of us must help the other die.

3
우리는 젊지 않으니, 수년간 서로 그리워하는 대신
몇 주 동안 아프게 사랑해야 해. 그러나 이 이상한 시간의
뒤틀림만 우리가 젊지 않음을 내게 말해 주지.
내가 스무 살 때 아침 거리를 거닐던 적 있었나,
더 순수한 기쁨이 흐르던 내 팔다리로?
내가 미래에 귀 기울이며
이 도시를 굽어보는 어느 창가에 기댄 적 있었나
내가 지금 네 반지에 신경을 고정하고 귀 기울이는 것처럼?
그리고, 너는, 너는 나와 같은 속도로 나를 향해 오는구나.
너의 눈은 영원하지, 초여름 푸른 새싹 풀,
샘물에 씻긴 녹청색 야생 냉이의
그 녹색 섬광.
스무 살에, 그랬지. 우리는 영원히 살 거라 생각했어.
마흔다섯 살에, 나는 우리의 한계까지 알고 싶어.
우리가 내일 태어날 수 없음을 알기에 나는 너를 만지고,
그리고 어떻게든, 우리 각자는 상대가 살도록 도울 거야,
또 어딘가에서, 우리 각자는 상대가 죽도록 도와야 해.

IV

I come home from you through the early light of spring
flashing off ordinary walls, the Pez Dorado,
the Discount Wares, the shoe-store… I'm lugging my sack
of groceries, I dash for the elevator
where a man, taut, elderly, carefully composed
lets the door almost close on me. —— *For god's sake hold it!*
I croak at him. —— *Hysterical,* —— he breathes my way.
I let myself into the kitchen, unload my bundles,
make coffee, open the window, put on Nina Simone
singing *Here comes the sun*… I open the mail,
drinking delicious coffee, delicious music,
my body still both light and heavy with you. The mail
lets fall a Xerox of something written by a man
aged 27, a hostage, tortured in prison:
My genitals have been the object of such a sadistic display
they keep me constantly awake with the pain…
Do whatever you can to survive.
You know, I think that men love wars…

4

너와 헤어져 집으로 돌아온다 평범한 울타리들, 페즈
　도라도,[11]
할인 매장, 신발 가게에 반짝이며 흩어지는
이른 봄 햇살을 받으며…… 나는 찬거리 든 가방을
끌고 가다, 엘리베이터로 달려가니
깔끔하고, 나이 지긋한 남자가 신중하고 침착한 태도로
문이 거의 내 앞에서 닫히도록 내버려 둔다. ── 제발 그것 좀
　잡고 있어요!
나는 그에게 투덜거린다. ── 신경질적이네, ── 그가 내 쪽에
　대고 말한다.
나는 부엌으로 가서, 짐을 풀어 놓고,
커피를 내리고, 창을 열고, 「여기 태양이 뜬다」를 부르는
니나 시몬[12]을 튼다…… 나는 편지를 개봉한다,
향기로운 커피, 달콤한 음악을 마시며,
내 몸은 여전히 너로 가볍고도 무겁다. 그 편지는,
스물일곱 살의, 인질, 감옥 안에서 고통받는
한 남자가 쓴 무엇을 복사한 것이다:
내 성기는 아주 가학적인 전시의 대상이었습니다
그들이 나를 끊임없이 고통스럽게 깨어 있게 합니다……
살아남으려면 뭐든지 하라.
아시겠지만, 나는 인간이 전쟁을 사랑한다고 생각해요……

And my incurable anger, my unmendable wounds
break open further with tears, I am crying helplessly,
and they still control the world, and you are not in my arms.

그리고 치유할 길 없는 나의 분노, 고칠 길 없는 내 상처들은
눈물과 함께 더욱 터져 나온다, 나는 속절없이 울고 있다,
그리고 그들은 여전히 이 세상을 지배하고, 그리고 너는 내
　품 안에 없다.

V

This apartment full of books could crack open
to the thick jaws, the bulging eyes
of monsters, easily: Once open the books, you have to face
the underside of everything you've loved —
the rack and pincers held in readiness, the gag
even the best voices have had to mumble through,
the silence burying unwanted children —
women, deviants, witnesses — in desert sand.
Kenneth tells me he's been arranging his books
so he can look at Blake and Kafka while he types;
yes; and we still have to reckon with Swift
loathing the woman's flesh while praising her mind,
Goethe's dread of the Mothers, Claudel vilifying Gide,
and the ghosts — their hands clasped for centuries —
of artists dying in childbirth, wise-women charred at the stake,
centuries of books unwritten piled behind these shelves;
and we still have to stare into the absence
of men who would not, women who could not, speak

5

책으로 가득한 이 아파트는 쩍 벌어질 수 있어

두터운 턱, 툭 튀어나온 눈의

괴물에게 쉽게: 책을 열면, 너는 마주 봐야 해

네가 사랑했던 모든 것들의 이면을 ──

준비된 선반과 펜치, 심지어 가장 훌륭한 목소리들조차

웅얼거려야만 했던 농담,

원하지 않는 아이들 ──

여자, 변태, 목격자를 사막 모래에 ── 매장하는 침묵을.

케네스는 그간 책을 정리해 왔기에

타자를 치는 동안 블레이크[13]와 카프카에 주목할 수 있다고

　　내게 말하지;

그래, 그러니 우리는 여전히 고려해야 해

여자의 정신을 찬미하는 한편 여자의 육체를 혐오하는

　　스위프트[14]를,

어머니에 대한 괴테의 두려움을, 지드를 욕했던 클로델[15]을,

그리고 아이를 낳다 죽어 간 예술가들의 혼령들을 ──

── 수백 년간 움켜쥐었던 그들의 주먹을,

화형대에서 까맣게 탄 똑똑한 여자들을,

이 선반들 뒤에 쌓인 쓰이지 않은 수 세기 동안의 책들을.

그리고 우리는 여전히 들여다봐야 해

우리의 삶을 향해, 남자들이 말하려 하지 않는,

to our life —— this still unexcavated hole

called civilization, this act of translation, this half-world.

말할 수 없는 여자들의 부재를 ── 문명이라 불리는
아직 발굴되지 않은 이 구멍, 이 번역 행위, 이 반쪽 세상.

VI

Your small hands, precisely equal to my own
only the thumb is larger, longer — in these hands
I could trust the world, or in many hands like these,
handling power-tools or steering-wheel
or touching a human face... Such hands could turn
the unborn child rightways in the birth canal
or pilot the exploratory rescue-ship
through icebergs, or piece together
the fine, needle-like sherds of a great krater-cup
bearing on its sides
figures of ecstatic women striding
to the sibyl's den or the Eleusinian cave —
such hands might carry out an unavoidable violence
with such restraint, with such a grasp
of the range and limits of violence
that violence ever after would be obsolete.

6

너의 작은 손, 꼭 내 것과 같아 ──
오직 엄지만 좀 더 크고 길어 ── 이 손에서
나는 세상을 신뢰할 수 있어, 아니 이러한 수많은 손들에서,
전기 공구 아니면 자동차 핸들을 다루거나
혹은 한 인간의 얼굴을 만져 주는…… 그런 손들은
산도에 있는 태중의 아기를 올바로 돌려놓거나
아니면 빙산들을 헤치고 나아가는
탐험 구조선을 안내할 수 있고
아니면 무녀의 방이나 엘레우시스의 동굴로
씩씩하게 걸어가며 황홀경에 빠진 여자들의 모습을
측면에 품은 거대한 술잔의 가느다란 바늘 같은 조각들을
이어 붙일 수 있을 거야 ──
그런 손들이 불가피하게도 폭력을 수행할지도 몰라
앞으로 폭력이 사라질 정도로
억제하고, 폭력의 범위와 한계를 파악하면서.

VII

What kind of beast would turn its life into words?
What atonement is this all about?
—— and yet, writing words like these, I'm also living.
Is all this close to the wolverines' howled signals,
that modulated cantata of the wild?
or, when away from you I try to create you in words,
am I simply using you, like a river or a war?
And how have I used rivers, how have I used wars
to escape writing of the worst thing of all ——
not the crimes of others, not even our own death,
but the failure to want our freedom passionately enough
so that blighted elms, sick rivers, massacres would seem
mere emblems of that desecration of ourselves?

7

어떤 짐승이 그 생명을 언어로 바꾸겠는가?

이 모든 것은 어떤 보상에 대한 것일까?

—— 그리고 여전히, 이와 같은 말들을 적으면서, 나 역시
　　살아간다.

이 모든 것이 울버린의 울부짖는 신호,

야생을 조율한 칸타타에 가까울까?

아니면, 내가 너와 떨어져 있어서 단어들로 너를 창조하려
　　애쓸 때,

나는 그저 너를 이용하는 것일까, 마치 강 혹은 전쟁처럼?

그리고 내가 어떻게 강을 이용해 왔던가, 최악의 것을 쓰지
　　않으려

어떻게 전쟁을 이용했는가 ——

타인의 범죄가 아니라, 심지어 우리 자신의 죽음이 아니라,

다만 마름병 걸린 느릅나무, 병든 강, 대학살이

우리 자신의 모독에 대한 미미한 상징으로 보일 정도로

우리의 자유를 충분히 열정적으로 원하지 못한 것을?

VIII

I can see myself years back at Sunion,
hurting with an infected foot, Philoctetes
in woman's form, limping the long path,
lying on a headland over the dark sea,
looking down the red rocks to where a soundless curl
of white told me a wave had struck,
imagining the pull of that water from that height,
knowing deliberate suicide wasn't my métier,
yet all the time nursing, measuring that wound.
Well, that's finished. The woman who cherished
her suffering is dead. I am her descendant.
I love the scar-tissue she handed on to me,
but I want to go on from here with you
fighting the temptation to make a career of pain.

8

나는 수년 전 수니온[16]에서의 나 자신을 볼 수 있어,

감염되어 아픈 발에, 여성의 몸을 한

필록테테스,[17] 긴 여정을 절뚝거리고,

어두운 바다 위 곳에 누워,

소리 없는 하얀 물마루들이

파도가 쳤음을 내게 전하는 붉은 바위를 내려다보며,

그 높이에서 물을 당기는 것을 상상하고,

의도적 자살이 내 특기가 아니었음을 알면서도,

내내 그 상처를 어루만지고, 재고 있어.

자, 그것은 끝났어. 자신의 고통을 소중히 간직하던

그 여자는 죽었어. 나는 그녀의 후손이야.

나는 그녀가 내게 물려준 흉터를 사랑해,

하지만 여기서부터 너와 함께 계속 가고 싶어

고통의 경력을 쌓으려는 유혹과 싸우며.

IX

Your silence today is a pond where drowned things live
I want to see raised dripping and brought into the sun.
It's not my own face I see there, but other faces,
even your face at another age.
Whatever's lost there is needed by both of us —
a watch of old gold, a water-blurred fever chart,
a key... Even the silt and pebbles of the bottom
deserve their glint of recognition. I fear this silence,
this inarticulate life. I'm waiting
for a wind that will gently open this sheeted water
for once, and show me what I can do
for you, who have often made the unnameable
nameable for others, even for me.

9
오늘 너의 침묵은 물에 빠진 것들이 사는 연못이야
나는 그것들을 건져 올려 물 뚝뚝 흘리며 태양 속으로 들고
    가서 보고 싶어.
그곳에서 내가 보는 것은 나 자신의 얼굴이 아닌, 다른
    얼굴들,
심지어 다른 나이의 네 얼굴이야.
거기서 잃은 것은 무엇이든 우리 두 사람에게 필요해 ──
금으로 된 낡은 손목시계, 물 자국 얼룩이 진 열병 진료
    기록부,
열쇠 하나…… 밑바닥 고운 흙과 자갈조차
반짝 인정받을 자격이 있어. 나는 두려워 이 침묵이,
이 표현할 수 없는 삶이. 나는 기다리는 중이야
이 덮개 씌운 물을 한 번은 부드러이 열어 줄,
그리고 이름 붙일 수 없는 것을 다른 사람들을 위해
이름 부를 수 있게 너를 위해,
타인을 위해, 심지어 나를 위해,
내가 무엇을 할 수 있을지를 보여 줄 바람을.

X

Your dog, tranquil and innocent, dozes through
our cries, our murmured dawn conspiracies
our telephone calls. She knows — what can she know?
If in my human arrogance I claim to read
her eyes, I find there only my own animal thoughts:
that creatures must find each other for bodily comfort,
that voices of the psyche drive through the flesh
further than the dense brain could have foretold,
that the planetary nights are growing cold for those
on the same journey who want to touch
one creature-traveler clear to the end;
that without tenderness, we are in hell.

10
너의 개는, 조용하고 순진하게, 졸고 있어
우리의 울음, 전화가 불러내는 우리의 웅얼거리는
새벽 음모 속에서. 개는 알고 있어 —— 무얼 알 수 있을까?
만일 내가 나의 인간적 오만함으로 그 개의 눈을 읽는다고
    주장하면,
나는 거기서 단지 나 자신의 동물적 생각만 아는 거야,
창조물들은 육체적 안락을 위해 서로 찾아야 함을,
영혼의 목소리는 아둔한 머리가 내다볼 수 있는 것보다 더
    멀리
육신을 통과해 돌진한다는 것을
이 지상의 밤은 한 생명체-여행자에게 분명히 끝까지
닿기 원하는, 같은 여정에 있는 여행자들에게는
점점 차가워진다는 것을;
다정함이 없으면, 우리는 지옥에 있음을.

XI

Every peak is a crater. This is the law of volcanoes,
making them eternally and visibly female.
No height without depth, without a burning core,
though our straw soles shred on the hardened lava.
I want to travel with you to every sacred mountain
smoking within like the sibyl stooped over her tripod,
I want to reach for your hand as we scale the path,
to feel your arteries glowing in my clasp,
never failing to note the small, jewel-like flower
unfamiliar to us, nameless till we rename her,
that clings to the slowly altering rock ——
that detail outside ourselves that brings us to ourselves,
was here before us, knew we would come, and sees beyond us.

11

각 봉우리는 분화구다. 이것이 화산을 영원히 가시적으로
여성적인 것이 되게 하는, 화산의 법칙,
높이도 깊이도 없이, 타오르는 중심도 없으나,
굳은 용암 위에서 너덜너덜해진 우리의 지푸라기 밑창.
나는 삼각 제단 위로 구부정하게 몸 숙인 무녀처럼
내부에서 연기 뿜는 모든 성산을 너와 함께 다니고 싶어,
우리가 산길을 오를 때 네 손에 닿고 싶어,
내 손아귀 속에서 달아오르는 네 동맥을 느끼고 싶어,
서서히 마모되는 바위에 매달려 있는,
우리에게 낯설고, 다시 이름 붙여 주기 전에는 이름 없는,
그 작은, 보석 같은 꽃을, 결코 놓치지 않으면서 —
우리를 우리 자신에게 데려오는 우리 자신 밖의 사소한
　　것들은
여기 우리 이전에 있었고, 우리가 오리란 것을 알았으며,
　　우리 너머를 보고 있어.

XII

Sleeping, turning in turn like planets
rotating in their midnight meadow:
a touch is enough to let us know
we're not alone in the universe, even in sleep:
the dream-ghosts of two worlds
walking their ghost-towns, almost address each other.
I've wakened to your muttered words
spoken light-or dark-years away
as if my own voice had spoken.
But we have different voices, even in sleep,
and our bodies, so alike, are yet so different
and the past echoing through our bloodstreams
is freighted with different language, different meanings —
though in any chronicle of the world we share
it could be written with new meaning
we were two lovers of one gender,
we were two women of one generation.

12

잠자며, 행성들처럼 궤도를 돌며
한밤중 들판에서 회전한다.
한 번 만지는 것으로 충분하다, 우리는 잠잘 때조차
이 우주에 단독으로 존재하지 않음을 알기에.
두 세계를 사는 꿈속 영혼들은
영혼의 마을을 걸어 다니며, 대부분 서로 말을 나눈다.
나는 광년 또는 암흑의 세월 더 떨어진 곳에서
네 중얼거리는 소리에 잠을 깼다
마치 내 목소리가 말했던 것인 양.
하지만 우리는 잠에서조차, 다른 목소리를 내고,
우리 육체는, 매우 흡사하지만, 아주 다르다
그리고 우리의 혈관을 통과하며 메아리치는 과거는
다른 언어, 다른 의미들로 채워져 있어 ──
비록 우리가 공유하는 세계의 어떤 연대기 안에
그것이 새로운 의미로 기록될 수 있어도
우리는 같은 성의 두 연인이었고,
우리는 한 세대의 두 여성이었다.

XIII

The rules break like a thermometer,
quicksilver spills across the charted systems,
we're out in a country that has no language
no laws, we're chasing the raven and the wren
through gorges unexplored since dawn
whatever we do together is pure invention
the maps they gave us were out of date
by years... we're driving through the desert
wondering if the water will hold out
the hallucinations turn to simple villages
the music on the radio comes clearn —
neither *Rosenkavalier* nor *Götterdammerung*
but a woman's voice singing old songs
with new words, with a quiet bass, a flute
plucked and fingered by women outside the law.

13
규칙들은 온도계처럼 깨지고,
수은은 눈금 새겨진 기구 위로 쏟아진다.
우리는 언어도 법도 없는 시골에 나와 있어.
우리는 새벽부터 누구도 가 본 적 없는 골짜기를 지나
까마귀와 굴뚝새를 좇고 있어,
우리가 함께 하는 것 무엇이든 순수한 발명품
사람들이 우리에게 준 지도들은 여러 해가 지난
옛것이었지…… 우리는 물이 떨어지지 않을까 걱정하며
차를 타고 사막을 지나고 있지
환영은 소박한 마을로 변하고
라디오의 음악은 또렷이 들리고 ──
「장미기사」[18]도 「신들의 황혼」[19]도 아닌
옛 노래를 새로운 가사로 부르는 어떤 여성의 목소리,
법 바깥에 사는 여자들이 손가락으로 뜯는
조용한 베이스 기타와, 플루트에 맞춰.

XIV

It was your vision of the pilot
confirmed my vision of you: you said, *He keeps*
on steering headlong into the waves, on purpose
while we crouched in the open hatchway
vomiting into plastic bags
for three hours between St. Pierre and Miquelon.
I never felt closer to you.
In the close cabin where the honeymoon couples
huddled in each other's laps and arms
I put my hand on your thigh
to comfort both of us, your hand came over mine,
we stayed that way, suffering together
in our bodies, as if all suffering
were physical, we touched so in the presence
of strangers who knew nothing and cared less
vomiting their private pain
as if all suffering were physical.

(THE FLOATING POEM, UNNUMBERED)

14
너에 대한 나의 환상을 확인해 준 것은
조종사에 대한 너의 환상이었지, 너는 말했지
그가 고의적으로 파도 속으로 곤두박질쳤어,
우리가 생피에르와 미클롱[20] 사이
탁 트인 승강장에 세 시간 동안 웅크려서
비닐봉지에 토하는 동안.
나는 그때보다 더 너를 가까이 느껴 본 적 없었어.
신혼부부들이 서로 팔짱을 끼고 무릎을 맞댄
후텁지근한 선실에서
우리 둘 모두를 위로하려고
나는 너의 허벅지 위에 내 손을 놓았지, 네 손이 내 손 위로
　　다가왔어,
우리는 그렇게 있었지, 함께
아파하면서. 마치 모든 고통이
육체적인 것인 양, 우리는 그렇게 만졌어
아무것도 모르고
자신의 사사로운 고통을 게워 내느라
신경 쓰지 않는 낯선 이들이 있는 곳에서
마치 모든 고통이 육체적인 양.

(번호 없는, 떠다니는 시)

Whatever happens with us, your body

will haunt mine — tender, delicate

your lovemaking, like the half-curled frond

of the fiddlehead fern in forests

just washed by sun. Your traveled, generous thighs

between which my whole face has come and come —

the innocence and wisdom of the place my tongue has found

     there —

the live, insatiate dance of your nipples in my mouth —

your touch on me, firm, protective, searching

me out, your strong tongue and slender fingers

reaching where I had been waiting years for you

in my rose-wet cave — whatever happens, this is.

우리에게 무슨 일이 일어나든, 네 몸은
내 몸을 계속 따라다닐 거야 —— 부드럽고 섬세한
네 사랑의 몸짓, 막 햇살에 씻긴
숲속 어린 고사리의
반쯤 말린 순 같은. 너의 여행에 익숙한, 너그러운 허벅지
그 사이에 내 얼굴을 묻고 또 묻었어 ——
거기에서 내 혀가 발견한 순수와 지혜 ——
내 입 안에서 생생하게 지칠 줄 모르며 춤추던 젖꼭지 ——
단호하고, 방어적이며, 나를 찾아내던, 나를 만지는 네 손길,
네 단단한 혀와 가느다란 손가락이
오래 너를 기다려 온 내 촉촉한 장미 동굴에
닿고 있어 —— 어떤 일이 일어나든, 바로 이거야.

XV

If I lay on that beach with you

white, empty, pure green water warmed by the Gulf Stream

and lying on that beach we could not stay

because the wind drove fine sand against us

as if it were against us

if we tried to withstand it and we failed —

if we drove to another place

to sleep in each other's arms

and the beds were narrow like prisoners' cots

and we were tired and did not sleep together

and this was what we found, so this is what we did —

was the failure ours?

If I cling to circumstances I could feel

not responsible. Only she who says

she did not choose, is the loser in the end.

15

만일 내가 멕시코 만류로 데워진
그 하얗고, 텅 빈, 투명한 초록색 바다의
해변에 너와 함께 눕게 된다면
우리는 거기 계속 누워 있을 수는 없을 거야
왜냐하면 미세한 모래 바람이
우리에게 대항하려는 듯 우리를 향해 불어올 테니
만일 우리가 견디려 애쓰다 실패했다면 ——
만일 우리가 서로 팔베개해 잠들려고
다른 곳으로 차를 몰고 갔는데
침대가 죄수의 간이침대처럼 작아
피곤해서 함께 잠자지 않는다면
그리고 이것이 우리가 알게 된 것이라면, 그래서 이것이
　　우리가 했던 바인데 ——
그 실패는 우리 몫이었을까?
만일 내가 상황에 집착한다면, 나는 책임을
느낄 수 없을 거야. 자신이 선택하지 않았다고
말하는 그 여자만 결국 패배자.

XVI

Across a city from you, I'm with you,
just as an August night
moony, inlet-warm, seabathed, I watched you sleep,
the scrubbed, sheenless wood of the dressing-table
cluttered with our brushes, books, vials in the moonligh —
or a salt-mist orchard, lying at your side
watching red sunset through the screendoor of the cabin,
G minor Mozart on the tape-recorder,
falling asleep to the music of the sea.
This island of Manhattan is wide enough
for both of us, and narrow:
I can hear your breath tonight, I know how your face
lies upturned, the halflight tracing
your generous, delicate mouth
where grief and laughter sleep together.

16

도시 맞은편 너로부터 떨어져, 나는 너와 함께 있어,
어느 8월의 밤 달빛 비치고, 바닷물에 씻긴, 따스한
　　포구에서
네가 잠든 모습을 바라보았던 때처럼,
머리 빗, 책들, 약병이 흩어져 있는
경대의 잘 닦인 무광의 나뭇결 모두 달빛 속에 보였어 ──
또 소금기 머금은 안개 덮인 과수원, 네 곁에 누워
오두막의 방충망을 통해 붉은 석양을 바라보며
모차르트의 사단조[21]를 테이프 리코더에 걸어 놓고
바다의 음악에 따라 잠에 빠져들었어.
이 맨해튼섬은 우리 두 사람에게
충분히 넓고도 좁아,
오늘 밤 나는 네 숨소리를 들을 수 있고, 바로 누운
네 얼굴이 어떤지 알 수 있지, 어슴푸레한 빛을 받으며
슬픔과 웃음이 함께 잠들어 있는
너의 너그럽고, 여린 입술.

XVII

No one's fated or doomed to love anyone.

The accidents happen, we're not heroines,

they happen in our lives like car crashes,

books that change us, neighborhoods

we move into and come to love.

Tristan und Isolde is scarcely the story,

women at least should know the difference

between love and death. No poison cup,

no penance. Merely a notion that the tape-recorder

should have caught some ghost of us: that tape-recorder

not merely played but should have listened to us,

and could instruct those after us:

this we were, this is how we tried to love,

and these are the forces they had ranged against us,

and these are the forces we had ranged within us,

within us and against us, against us and within us.

17

어느 누구도 누군가를 사랑할 운명이거나 그런 비운을 타고
　　나지 않아.
우연은 일어나기 마련, 우리는 여주인공이 아니야.
그런 일들은 자동차 사고처럼,
책이 우리를 변하게 하듯, 이사한 곳의
이웃을 사랑하게 되듯 우리네 삶에서 일어나지.
『트리스탄과 이졸데』[22]는 거의 이야기라고 할 수 없어.
여자라면 적어도 사랑과 죽음의 차이를 알아야 해. 독배도,
참회도 없어. 다만 어떤 생각만 들 뿐, 녹음기가
우리의 어떤 기억을 포착해야 했다는, 그 녹음기가
그저 음악을 들려줄 뿐만 아니라
우리에게 귀 기울였어야만 하고,
우리 후세들에게 이런 것들을 가르쳐 줄 수도 있었다고.
이것이 우리였고, 이것이 우리가 시도한 사랑법이며,
이것이 그들이 우리에게 반대하며 지닌 힘이었고,
이것이 우리가 우리 내면에, 우리 내면과 우리 반대편에,
우리 반대편과 우리 내면에 지녔던 힘임을.

XVIII

Rain on the West Side Highway,

red light at Riverside:

the more I live the more I think

two people together is a miracle.

You're telling the story of your life

for once, a tremor breaks the surface of your words.

The story of our lives becomes our lives.

Now you're in fugue across what some I'm sure

Victorian poet called the *salt estranging sea.*

Those are the words that come to mind.

I feel estrangement, yes. As I've felt dawn

pushing toward daybreak. Something: a cleft of Iight — ?

Close between grief and anger, a space opens

where I am Adrienne alone. And growing colder.

18
웨스트사이드 고속도로에 내리는 비,
리버사이드[23]의 빨간 불빛:
오래 살수록 나는 더욱더 많이 생각하게 돼
두 사람이 함께 한다는 것은 하나의 기적이라고.
네가 너의 삶을 이야기하니,
단연코, 전율이 네 언어의 표면을 흔드는구나.
우리 삶의 이야기가 우리 삶이 된다.
확신컨대, 지금 너는 단절의 배를 타고 빅토리아조 시인이
쓰디쓴 단절의 바다[24]라 부른 것을 건너가는구나.
그게 내 생각에 떠오르는 단어들이다.
나는 단절을 느낀다, 그렇다. 새벽이 일출을
재촉한다고 느낀 때처럼. 어떤 놀라운 것, 한 줄기 빛이 ──?
슬픔과 분노의 틈바구니에서, 어떤 공간이 열리니
나는 홀로 에이드리언이다. 그리고 점점 더 춥구나.

XIX

Can it be growing colder when I begin
to touch myself again, adhesions pull away?
When slowly the naked face turns from staring backward
and looks into the present,
the eye of winter, city, anger, poverty, and death
and the lips part and say: *I mean to go on living?*
Am I speaking coldly when I tell you in a dream
or in this poem, *There are no miracles?*
(I told you from the first I wanted daily life,
this island of Manhattan was island enough for me.)
If I could let you know —
two women together is a work
nothing in civilization has made simple,
two people together is a work
heroic in its ordinariness,
the slow-picked, halting traverse of a pitch
where the fiercest attention becomes routine
— look at the faces of those who have chosen it.

19

내가 다시 나 자신을 어루만지고, 애착을 떨쳐 내기 시작할
　　때
더 차가워질 수 있을까?
뒤를 노려보던 맨 얼굴이 천천히 돌아서
현재를, 겨울의 눈, 도시, 분노,
가난과 죽음을 들여다볼 때
그리고 입술을 벌려 나는 **계속 살 작정**이야라고 말할 때?
내가 차갑게 말하는 걸까 내가 너에게
꿈에서 아니면 이 시 속에서 **기적은 없어**라고 말하면?
(나는 처음부터 일상 삶을 원한다고, 이 맨해튼섬은
내게 충분해라고 너에게 말했어.)
내가 너에게 알려 줄 수 있다면 ──
두 여성이 함께 하는 것은 어떤 문명도
쉽게 해 준 적 없는 과업이라고,
두 사람이 함께 하는 것은
평범함 속의
영웅적인 과업이라고,
느리게 선택하여, 머뭇거리며 가로지르고
가장 강렬한 관심조차 일상적인 것이 되는 정점이라고
── 자 보라고 그것을 택했던 사람들의 얼굴을.

XX

That conversation we were always on the edge
of having, runs on in my head,
at night the Hudson trembles in New Jersey light
polluted water yet reflecting even
sometimes the moon
and I discern a woman
I loved, drowning in secrets, fear wound round her throat
and choking her like hair. And this is she
with whom I tried to speak, whose hurt, expressive head
turning aside from pain, is dragged down deeper
where it cannot hear me,
and soon I shall know I was talking to my own soul.

20
우리가 나누면서 늘 주변에 머물렀던 대화가
내 머릿속에서 내달리고,
허드슨강은 밤이면 뉴저지 불빛 아래 흔들린다
오염되었으나 때로
달빛을 비추며
그리고 나는 사랑했던, 비밀에 잠겨, 공포가 마치
    머리카락처럼
목을 감아 숨 막히는 여자를 알아본다. 이 여자가 바로
내가 애써 말하려 한 여자다, 그 상처, 고통으로
고개 돌린 표정 풍부한 머리는 내 목소리를
들을 수 없는 더 깊은 곳으로 끌고 내려가니,
나는 곧 알게 되겠지 나는 내 영혼을 향해 말하고 있었음을.

XXI

The dark lintels, the blue and foreign stones
of the great round rippled by stone implements
the midsummer night light rising from beneath
the horizon — when I said "a cleft of light"
I meant this. And this is not Stonehenge
simply nor any place but the mind
casting back to where her solitude,
shared, could be chosen without loneliness,
not easily nor without pains to stake out
the circle, the heavy shadows, the great light.
I choose to be a figure in that light,
half-blotted by darkness, something moving
across that space, the color of stone
greeting the moon, yet more than stone:
a woman. I choose to walk here. And to draw this circle.

1974-1976

21

검은색의 가로대, 돌 도구로 잔물결이 진

커다랗고 둥근 푸르른 이국적인 돌들

수평선 아래에서 솟아오르는

한여름 밤의 빛. 내가 "한 줄기 빛"이라 말했을 때

바로 이것을 의미했다. 그리고 이것은 그저 스톤헨지[25]도

그 어떤 특정 장소도 아닌, 그녀의 고독으로 돌아가

공감하는 마음이니, 이것을 선택하면

외롭지 않겠지만,

원, 무거운 그림자, 커다란 빛을

물리치기에 그리 쉽지도 않고 고통이 없는 것도 아니다.

나는 저 빛 속 한 인물이기로 한다

어둠에 반은 지워진, 저 공간을 가로질러

움직이는 어떤 존재, 달을 반기는

돌의 색깔, 그러나 돌 이상의 것

한 여자. 나는 이곳을 걷기로 한다. 그리고 이 원을 그리기로
    한다.

(1974-1976)

3부

다른 곳 아닌, 바로 이곳

NOT SOMEWHERE ELSE, BUT HERE

Courage   **Her** face in the leaves   the polygons
of the paving   **Her**   out of touch
Courage to breathe   The death of October
Spilt wine   The unbuilt house   The unmade life
Graffiti   without memory   grown conventional
scrawling the least wall   *god loves you   voice of the ghetto*
Death of the city   **Her** face
sleeping   **Her** quick stride   **Her**
running   Search for a private space   The city
caving in from within   The lessons badly
learned   Or not at all   The unbuilt world
This one love flowing   Touching other
lives   Spilt love   The least wall caving

To have enough courage   The life that must be lived
in terrible October
Sudden immersion in yellows   streaked blood   The fast rain
Faces   Inscriptions   Trying to teach
unlearnable lessons   October   This one love
Repetitions   from other lives   The deaths

다른 곳 아닌, 바로 이곳

용기   풀잎들 속 그녀의 얼굴   그녀를 빛나게 하는
다각형   손에 닿지 않아
숨 쉴 용기   10월의 죽음
쏟아진 와인   지어지지 않은 집   미완의 인생
낙서   추억 없이   관습이 된
너무나 작은 벽에 휘갈긴   하느님은 너를 사랑해   빈민가의
　　　목소리
도시의 죽음   잠자는
그녀의 얼굴   그녀의 빠른 걸음   그녀의
뜀박질   은밀한 공간을 찾는   안에서
파 들어가는 도시   잘못 배운
수업   아니면 전혀   건설되지 않은 세상
이 하나의 사랑은 흐르고   다른 삶을
만지는   엎질러진 사랑   파 들어가는 가장 작은 벽

충분한 용기를 지니기   끔찍한 10월에
살아야 하는 인생
갑자기 노란색에 몰두하기   줄줄이 흐르는 피   빠르게
　　　내리는 비
얼굴들   헌사   배울 수 없는 교훈을
가르치려 애쓰기   10월   이 하나의 사랑
반복   다른 사람의 삶에서   살아야 하는

that must be lived   Denials   Blank walls
Our quick stride side by side   Her fugue

Bad air in the tunnels   *voice of the ghetto   god loves you*
My face   pale in the window   anger is pale
the blood shrinks to the heart
the head severed   it does not pay to feel

Her face   The fast rain tearing   Courage
to feel this   To tell of this   to be alive
Trying to learn   unteachable lessons

The fugue   Blood in my eyes   The careful sutures
ripped open   The hands that touch me   Shall it be said
I am not alone
Spilt love   seeking its level   flooding other
lives   that must be lived   not somewhere else
but here   seeing through blood   nothing is lost

1974

죽음들   부인   텅 빈 벽들
우리 나란히 빨리 걷기   그녀의 푸가

터널 안 나쁜 공기   빈민가의 목소리   하느님은 너를 사랑해
내 얼굴   창문 속에서 창백하다   분노는 창백하다
피는 심장으로 쪼그라지고
잘린 머리   그것은 그녀의 얼굴을

느끼려고 돈을 지불하지 않는다   가르칠 수 없는 교훈을
      배우려 애쓰며
이것을 느끼고   이것에 대해 말하며   살아 있으려는 용기를
      뜯어내는
빠르게 내리는 비

푸가   내 눈 속의 피   꼼꼼한 봉합선은
찢어발겨졌다   나를 만지는 손   나는 혼자가 아니라고
말할 수 있다면
엎질러진 사랑   자신의 차원을 찾으며   다른 삶을
범람시키며   살아야 할 삶   다른 곳이 아닌
바로 이곳   피를 통해 보기   잃은 것은 아무것도 없다

(1974)

121

UPPER BROADWAY

The leafbud straggles forth
toward the frigid light of the airshaft   this is faith
this pale extension of a day
when looking up   you know   something is changing
winter has turned   though the wind is colder
Three streets away   a roof collapses   onto people
who thought they still had time   Time out of mind

I have written so many words
wanting to live inside you
to be of use to you

Now I must write for myself   for this blind
woman scratching the pavement   with her wand of thought
this slippered crone   inching on icy streets
reaching into wire trashbaskets   pulling out
what was thrown away   and infinitely precious

I look at my hands and see   they are still unfinished
I look at the vine and see the leafbud
inching towards life

어퍼 브로드웨이²⁶

잎눈이 통풍구의 싸늘한 햇살을 향해
멋대로 자란다   이런 것이 믿음이다
이 같은 하루의 흐릿한 확대
하늘을 올려다볼 때   무언가 변하고 있음을   너는 안다
겨울이 돌아섰다   물론 바람은 더 차가워지지만
세 길 건너   지붕이 무너진다   아직 시간이 있다고
생각했던 사람들 위로   정신 나간 시간

나는 너무 많은 말을 썼다
네 안에 살고 싶어서
너에게 쓸모 있고 싶어서

이제 나는 나를 위해 써야만 한다   생각 지팡이로
사람들 걷는 길 긁어 자국 남기는   이 눈먼 여자를 위해
이 실내화를 신은 노파   살얼음 낀 길 위에서 조금씩
        움직이며
쇠줄로 된 쓰레기통에 다가가   버려져
무한히 소중한 것을   꺼내는

나는 내 손을 본다 그리고   그것들이 여전히 미완임을 안다
나는 덩굴을 본다 그리고 잎눈이 생명을 향해
조금씩 움직이고 있음을 안다

I look at my face in the glass   and see
a halfborn woman

1975

나는 유리에 비친 내 얼굴을 본다   그리고
태어나다 만 여자를 본다

(1975)

PAULA BECKER TO CLARA WESTHOFF

Paula Becker 1876-1907
Clara Westhoff 1878-1954

became friends at Worpswede, an artists' colony near
Bremen, Germany, summer 1899. In January 1900, spent
a half-year together in Paris, where Pauia painted and Clara
studied sculpture with Rodin. In August they returned to
Worpswede, and spent the next winter together in Berlin.
In 1901, Clara married the poet Rainer Maria Rilke; soon
after, Paula married the painter Otto Modersohn. She died
in a hemorrhage after childbirth, murmuring, *What a pity!*

The autumn feels slowed down,
summer still holds on here, even the light
seems to last longer than it should
or maybe I'm using it to the thin edge.
The moon rolls in the air. I didn't want this child.
You're the only one I've told.
I want a child maybe, someday, but not now.
Otto has a calm, complacent way
of following me with his eyes, as if to say
Soon you'll have your hands full!
And yes, I will; this child will be mine
not his, the failures, if I fail
will be all mine. We're not good, Clara,

파울라 베커[27]가 클라라 베스토프[28]에게

파울라 베커 1876-1907
클라라 베스토프 1878-1954

보르프스베데에서 친구가 되었다, 독일
브레멘 근처 예술가들의 마을, 1899년 여름. 1900년 1월
파리에서 반년을 같이 지냈다, 파울라는 그림을 그리고 클라라는
로댕과 조각을 공부하면서. 8월에 그들은 보르프스베데로
돌아가, 그 겨울을 베를린에서 함께 지냈다.
1901년, 클라라는 시인 라이너 마리아 릴케와 결혼했다. 그 후
곧, 파울라는 화가 오토 모더존[29]과 결혼했고. 그녀는
아이를 낳은 직후 대출혈로 죽었다, 정말 안타까워!라고 중얼거리며.

가을이 느리게 느껴지고,
여름이 여전히 이곳에 남아 있는데, 햇살조차
마땅한 정도보다 더 길게 지속되는 듯하다
아니 내가 그 가느다란 끄트머리까지 이용하고 있어.
달은 대기 중에 굴러가. 나는 이 아이를 원하지 않았어.
너는 내가 말한 유일한 사람.
나는 아마 언젠가는, 아이를 원하겠지만, 지금은 아니야.
오토는 평안하고 만족스러운 태도로
나를 눈으로 따라다녀, 마치 너는 곧
네 손을 가득 채우게 될 거야라고 말하는 듯!
그래, 나는 그럴 거야. 이 아이는 그의 아이가 아니라
내 아이, 실패작, 내가 실패한다 해도
온전히 나의 것이 될 거야. 클라라, 우리는 이런 일들을
방지하는 것을 제대로 배우지 않았어,

at learning to prevent these things,
and once we have a child, it *is* ours.
But lately, I feel beyond Otto or anyone.
I know now the kind of work I have to do.
It takes such energy! I have the feeling I'm
moving somewhere, patiently, impatiently,
in my loneliness. I'm looking everywhere in nature
for new forms, old forms in new places,
the planes of an antique mouth, let's say, among the leaves.
I know and do not know
what I am searching for.
Remember those months in the studio together,
you up to your strong forearms in wet clay,
I trying to make something of the strange impressions
assailing me —— the Japanese
flowers and birds on silk, the drunks
sheltering in the Louvre, that river-light,
those faces… Did we know exactly
why we were there? Paris unnerved you,
you found it too much, yet you went on
with your work… and later we met there again,
both married then, and I thought you and Rilke

우리가 일단 아이를 갖게 되면, 그는 우리 것이야.

그런데 나는 최근, 오토나 다른 사람 이상을 느껴.

나는 지금 알아 내가 어떤 종류의 일을 해야 하는지를.

그 일에는 에너지가 필요해! 나는 내가 어딘가에서,

　　　끈질기게, 조바심 내며,

나 홀로, 움직이고 있음을 느껴. 나는 자연 어느 곳에서나

새로운 형식, 새로운 장소 속 옛 형식을, 오래된 입의 측면을,

말하자면, 잎사귀들 사이에서 찾고 있어.

내가 찾는 것이 무엇인지

나는 알고 있고 알고 있지 않아.

스튜디오에서 함께 지낸 저 세월을 기억해,

네 강한 팔뚝 위까지 축축한 진흙을 입었던 너,

나를 괴롭히는 기이한 인상들로

무언가를 만들려고 애쓰던 나 —— 실크 위의

일본풍 꽃과 새, 루브르에서 피신하던

술꾼들, 저 강의 불빛,

저 얼굴들…… 우리는 왜 그곳에 있었는지

정확하게 알고 있었을까? 파리가 너를 불안하게 했지,

너는 그곳이 너무 벅찬 것을 알았지만, 네 작업을

계속했어…… 그리고 나중에 우리는 그곳에서 다시 만났어,

둘 다 결혼해서, 그리고 나는 너도 릴케도

불안해 보인다고 생각했어. 나는 너희 사이에서

both seemed unnerved. I felt a kind of joylessness
between you. Of course he and I
have had our difficulties. Maybe I was jealous
of him, to begin with, taking you from me,
maybe I married Otto to fill up
my loneliness for you.
Rainer, of course, *knows* more than Otto knows,
he believes in women. But he feeds on us,
like all of them. His whole life, his art
is protected by women. Which of us could say that?
Which of us, Clara, hasn't had to take that leap
out beyond our being women
to save our work? or is it to save ourselves?
Marriage is lonelier than solitude.
Do you know: I was dreaming I had died
giving birth to the child.
I couldn't paint or speak or even move.
My child —— I think —— survived me. But what was funny
in the dream was, Rainer had written my requiem ——
a long, beautiful poem, and calling me his friend.

일종의 슬픔을 느꼈어. 물론 그와 내게는
우리의 어려움이 있었어. 아마 나는
처음에는, 그를 질투했어, 내게서 너를 앗아 가서,
나는 아마 너로 인한 외로움을 채우려
오토와 결혼했지.
라이너는 물론, 오토가 아는 것 이상으로 알고 있어,
그는 여성을 믿어. 하지만 그는 우리를 뜯어먹고 살지,
그들 모두가 그렇듯. 그의 인생 전체, 그의 예술은
여성의 보호를 받아. 우리 중 누가 그렇게 말할 수 있을까?
클라라, 우리 중 누가, 우리의 일을 지키려고
우리의 여성 되기 너머로
도약해야만 하지 않았을까? 아니면 그것이 우리 자신을
　　지키는 것일까?
결혼은 독신보다 더 외로워.
너는 알지. 내가 아이를 낳다가
죽기를 꿈꿔 왔음을.
나는 그림을 그릴 수도 말을 할 수도 심지어 움직일 수도
　　없었어.
내 아이는 내 생각에 나보다 더 오래 살 거야. 그러나
　　꿈속에서 웃기는 것은
라이너가 내 레퀴엠을 —— 길고도 아름다운 시를 썼고, 나를
　　친구라고 부른 거야.

131

I was *your* friend
but in the dream you didn't say a word.
In the dream his poem was like a letter
to someone who has no right
to be there but must be treated gently, like a guest
who comes on the wrong day. Clara, why don't I dream of you?
That photo of the two of us — I have it still,
you and I looking hard into each other
and my painting behind us. How we used to work
side by side! And how I've worked since then
trying to create according to our plan
that we'd bring, against all odds, our full power
to every subject. Hold back nothing
because we were women. Clara, our strength still lies
in the things we used to talk about:
how life and death take one another's hands,
the struggle for truth, our old pledge against guilt.
And now I feel dawn and the coming day.
I love waking in my studio, seeing my pictures
come alive in the light. Sometimes I feel
it is myself that kicks inside me,

나는 너의 친구였지만
꿈에서 너는 한마디도 말하지 않았어.
꿈에서 그의 시는 마치 엉뚱한 날 온 손님처럼,
그곳에 있어서는 안 되지만
잘 대접해야 하는 사람에게 쓰는
편지 같았어. 클라라, 나는 왜 네 꿈을 꾸지 않을까?
우리 두 사람의 저 사진 — 나는 여전히 간직하고 있어,
너와 내가 서로 지그시 바라보는,
뒤에는 내 그림이 있지. 우리는 나란히
일하곤 했는데! 그 이후 나는 모든 어려움에도 불구하고,
우리가 지닌 계획에 따라
모든 주제에 우리의 온 힘을
창조하려 노력하며 일했지. 아무것도 억누르지 마
우리는 여성이므로. 클라라, 우리 힘은 여전히
우리가 이야기 나누던 것들에 있어.
삶과 죽음이 서로의 손을 잡고,
진리를 향해 싸우며, 죄에 대한 우리의 오랜 맹세를
　　받아들이기.
그래서 나는 지금 새벽을 날이 밝아 오는 것을 느껴.
나는 내 사진들이 햇살 속에 살아나는 것을 보면서,
내 스튜디오에서 깨어나는 것이 좋아. 나는 가끔
내 안에서 발길질하는 것은 나 자신임을,

myself I must give suck to, love…
I wish we could have done this for each other
all our lives, but we can't…
They say a pregnant woman
dreams of her own death. But life and death
take one another's hands. Clara, I feel so full
of work, the life I see ahead, and love
for you, who of all people
however badly I say this
will hear all I say and cannot say.

1975-1976

바로 나 자신을 격려하고 사랑해야 함을 느껴……
우리 생애 내내 우리 서로에게
이렇게 할 수 있다면 좋을 텐데, 하지만 우리는 그럴 수
    없어……
사람들은 임신한 여자는
자기 자신의 죽음을 꿈꾼다고 말하지. 그러나 삶과 죽음은
서로 손을 잡고 있어. 클라라, 나는 충만하게 느껴,
일과 내 앞의 삶을, 그리고 모든 사람 중
내가 아무리 나쁘게 말해도 내가 할 수 있는
말과 할 수 없는 말 전부를 듣는
너에 대한 사랑을.

(1975-1976)

NIGHTS AND DAYS

The stars will come out over and over
the hyacinths rise like flames
from the windswept turf down the middle of upper Broadway
where the desolate take the sun
the days will run together and stream into years
as the rivers freeze and burn
and I ask myself and you, which of our visions will claim us
which will we claim
how will we go on living
how will we touch, what will we know
what will we say to each other.

Pictures form and dissolve in my head:
we are walking in a city
you fled, came back to and come back to still
which I saw once through winter frost
years back, before I knew you,
before I knew myself.
We are walking streets you have by heart from childhood
streets you have graven and erased in dreams:
scrolled portals, trees, nineteenth-century statues.

밤과 낮

별들은 자꾸자꾸 나올 것이고
히아신스는 황막함 속으로 태양이 삼켜져 버린
어퍼 브로드웨이 중심 아래
바람에 휩싸인 잔디에서 일어난 불꽃처럼 일어서며
강물이 얼어 반짝이듯 나날들은 연달아 달려서
세월 속으로 흘러갈 것이다
나는 나 자신과 너에게 묻는다, 우리의 꿈들 중 어떤 것이
      우리를 사로잡을지
어느 것을 우리가 요구할지
우리는 어떻게 살아갈지
우리는 어떻게 만지며, 우리는 무엇을 알 것이며
우리는 서로에게 무엇이라 말할 것인지를.

그림이 내 머릿속에서 그려지다 사라진다.
우리는 네가 도망쳤다가, 돌아오고
그리고 계속 돌아오는 도시에서 걸었다
나는 그곳을 여러 해 전 겨울 서리 속에서
한 번 보았는데, 내가 너를 알기 전,
내가 나 자신을 알기 전이었다.
우리는 네가 어린 시절부터 마음에 간직하고 있던 거리를
네가 꿈속에서 새기고 지웠던 거리를 걷는다:
소용돌이무늬 현관, 나무, 19세기 조각상들.

We are holding hands so I can see
everything as you see it
I follow you into your dreams
your past, the places
none of us can explain to anyone.

We are standing in the wind
on an empty beach, the onslaught of the surf
tells me Point Reyes, or maybe some northern
Pacific shoreline neither of us has seen.
In its fine spectral mist our hair
is grey as the sea
someone who saw us far-off would say we were two old women
Norns, perhaps, or sisters of the spray
but our breasts are beginning to sing together
your eyes are on my mouth

I wake early in the morning
in a bed we have shared for years
lie watching your innocent, sacred sleep
as if for the first time.
We have been together so many nights and days

우리는 손을 잡고 있어서 나는 모든 것을
네가 보는 대로 볼 수 있고
나는 네 꿈, 네 과거, 우리가 누구에게도
설명할 수 없는 곳으로 너를 따라간다.

우리는 텅 빈 해변에서 바람 맞으며
서 있는데, 밀려오는 파도는 내게
포인트 레예스[30]에 대해, 또는 우리가 본 적 없는
북태평양 해안가에 대해 전해 준다.
그 유령 같은 안개 속에서 우리 머리카락은
바다처럼 잿빛이고
멀리 누군가 우리를 보았다면 우리를 두 늙은 여자
아마, 여신들,[31] 또는 파도의 자매들이라고 하겠지만
우리의 가슴은 함께 노래하기 시작하고
너의 눈은 내 입술로 향한다

나는 우리가 여러 해 함께 쓰는 침대에서
아침 일찍 깨어나
마치 처음인 듯,
너의 순수하고, 성스러운 잠을 지켜본다.
우리는 너무나 많은 밤과 낮을 함께 지냈으니

this day is not unusual.

I walk to an eastern window, pull up the blinds:

the city around us is still

on a clear October morning

wrapped in her indestructible light.

The stars will come out over and over

the hyacinths rise like flames

from the windswept turf down the middle of upper Broadway

where the desolate take the sun

the days will run together and stream into years

as the rivers freeze and burn

and I ask myself and you, which of our visions will claim us

which will we claim

how will we go on living

how will we touch, what will we know

what will we say to each other.

1976

오늘이 평범하지 않은 날은 아니다.
나는 동쪽 창문으로 걸어가 블라인드를 올린다:
우리를 둘러싼 도시는
맑은 10월의 아침 그 파괴할 수 없는
빛 속에 잠겨 고요하다.

별들은 자꾸자꾸 나올 것이고
히아신스는 황막함 속으로 태양이 삼켜져 버린
어퍼 브로드웨이 중심 아래
바람에 휩싸인 잔디에서 일어난 불꽃처럼 일어서며
강물이 얼어 반짝이듯 나날들은 연달아 달려서
세월 속으로 흘러갈 것이다
나는 나 자신과 너에게 묻는다, 우리의 꿈들 중 어떤 것이
　　우리를 사로잡을지
어느 것을 우리가 요구할지
우리는 어떻게 살아갈지
우리는 어떻게 만지며, 우리는 무엇을 알 것이며
우리는 서로에게 무엇이라 말할 것인지를.

(1976)

SIBLING MYSTERIES
(FOR C. R.)

1

Remind me how we walked
trying the planetary rock
for foothold

testing the rims of canyons
fields of sheer
ice in the midnight sun

smelling the rains before they came
feeling the fullness of the moon
before moonrise

unbalanced by the life
moving in us, then lightened
yet weighted still

by children on our backs
at our hips, as we made fire
scooped clay   lifted water

Remind me how the stream

자매의 수수께끼

(C. R.[32]에게)

1

내게 일깨워 줘 우리가
어떻게 걸었는지
행성의 바위를 발판으로 삼아

한밤중 태양 속에서
협곡 가장자리
살얼음 낀 들판을 점검하며

비 내리기 전 비의 냄새를 맡고
달뜨기 전
달의 충만함을 느끼며

우리 안에서 움직이는
생명에 균형을 잃고,
우리 등 위 엉덩이에 있는

아이들이 가벼워졌다가
여전히 무거워지니, 우리가 불을 지피고
흙을 뜨고   물을 길어 올릴 때

내게 일깨워 줘 강물이 어떻게

wetted the clay between our palms
and how the flame

licked it to mineral colors
how we traced our signs by torchlight
in the deep chambers of the caves

and how we drew the quills
of porcupines between our teeth
to a keen thinness

and brushed the twisted raffia into velvet
and bled our lunar knowledge thirteen times
upon the furrows

I know by heart, and still
I need to have you tell me,
hold me, remind me

2

Remind me how we loved our mother's body

우리 손바닥 사이의 흙을
적셨는지 그리고 불꽃이 어떻게

광물 색으로 날름거렸는지
동굴 깊은 곳에서 우리가
횃불로 어떻게 표식들을 추적했는지

그리고 우리가 어떻게 우리 이빨 사이
호저[33]의 털을 날카로울 정도로
가늘게 그렸는지

비틀어진 라피아야자[34]를 빗질하여 어떻게 벨벳으로 변하게
    했는지
그리고 우리가 달에 대해 알고 어떻게
열세 번을 고랑 위로 피 흘렸는지

나는 마음으로 알아, 그리고 여전히
나는 네가 내게 말하도록
나를 붙잡도록, 나를 일깨우게 해야 해.

2
내게 일깨워 줘 우리가 얼마나 사랑했는지 우리 어머니의

our mouths drawing the first
thin sweetness from her nipples

our faces dreaming hour on hour
in the salt smell of her lap   Remind me
how her touch melted childgrief

how she floated great and tender in our dark
or stood guard over us
against our willing

and how we thought she loved
the strange male body first
that took, that took, whose taking seemed a law

and how she sent us weeping
into that law
how we remet her in our childbirth visions

erect, enthroned, above
a spiral stair

몸을
어머니의 젖꼭지에서 그 첫 번째
가느다란 달콤함을 뽑아내는 우리의 입을

매시간 어머니 무릎의
소금기 냄새를 꿈꾸는 우리의 얼굴을   내게 일깨워 줘
어머니의 손길이 아이의 슬픔을 어떻게 녹였는지

어머니는 어둠 속에서 어떻게 커다랗고 부드럽게 떠다녔는지
우리 의지를 상대하며 어떻게
우리를 보호했는지

그리고 앗고, 앗고, 앗아 가는 것이 법칙처럼 보이는
낯선 남자의 몸을 그녀가 먼저 사랑했음을
우리가 어떻게 생각했는지

그리고 그녀가 어떻게 우리를 저 법칙 안으로
울며 보냈는지
우리가 출산의 환상 속에서 어떻게 그녀를 다시 만났는지

회전 계단 위에 똑바로,
왕좌에 앉혀져,

and crawled and panted toward her

I know, I remember, but
hold me, remind me
of how her woman's flesh was made taboo to us

3
And how beneath the veil
black gauze or white, the dragging
bangles, the amulets, we dreamed   And how beneath

the strange male bodies
we sank in terror or in resignation
and how we taught them tenderness —

the holding-back, the play,
the floating of a finger
the secrets of the nipple

And how we ate and drank
their leavings, how we served them
in silence, how we told

그녀를 향해 헐떡이며 기어갔음을

나는 안다, 나는 기억한다, 그러나
나를 잡아 줘, 내게 일깨워 줘
그녀 여성의 몸이 우리에게 어떻게 금기가 되었는지

3
검은 또는 하얀 얇은 천의 베일,
늘어진 팔찌와 부적 아래에서 우리가
어떻게 꿈을 꾸었는지,   그리고 낯선 남자의 몸

아래에서
우리가 어떻게 폭력이나 체념 속으로 가라앉았는지
그리고 우리가 그들을 어떻게 가르쳤는지 ──

부드러움을 억제를 놀이를
떠도는 손가락을
젖꼭지의 비밀을

그리고 우리가 그들의 이별을
어떻게 먹고 마셨는시, 우리가 침묵 속에
그들을 떠받든 방식을, 우리가 말한 방식을

among ourselves our secrets, wept and laughed
passed bark and root and berry
from hand to hand, whispering each one's power

washing the bodies of the dead
making celebrations of doing laundry
piecing our lore in quilted galaxies

how we dwelt in two worlds
the daughters and the mothers
in the kingdom of the sons

4
Tell me again because I need to hear
how we bore our mother-secrets
straight to the end

tied in unlawful rags
between our breasts
muttered in blood

우리 사이의 비밀을, 흐느끼고 웃고
나무껍질과 뿌리와 열매를 손에서 손으로 건네며
서로의 힘을 속삭였던 방식을

죽은 자들의 몸을 씻기고
빨래하는 것을 축하하며
수놓은 은하계에서 우리의 이야기를 이어 붙이며

우리가 아들들의 왕국에서
딸과 어머니 두 세계에서
어떻게 살았는지를

4
내게 다시 말해 줘 나는
우리 어머니의 비밀을 어떻게
끝까지 줄곧 품었는지 들어야만 해

피를 흘리며 투덜거리는
젖가슴 사이에서
불법적인 누더기들에 묶여

in looks exchanged at the feast
where the fathers sucked the bones
and struck their bargains

in the open square when noon
battered our shaven heads
and the flames curled transparent in the sun

in boats of skin on the ice-floe
—— the pregnant set to drift,
too many mouths for feeding ——

how sister gazed at sister
reaching through mirrored pupils
back to the mother

5

C. had a son on June 18th... I feel acutely that we are strangers,
my sister and I; we don't get through to each other, or say what we
really feel. This depressed me violently on that occasion, when I
wanted to have only generous and simple feelings towards her, of
pleasure in her joy, affection for all that was hers. But we are not

아버지들이 뼈를 빨고
흥정을 벌였던
축제에서 주고받은 표정에서

대낮 우리의 짧게 깎은 머리를
학대한 열린 광장에서
불꽃들이 태양 아래 투명하게 날름거렸던 곳에서

살얼음 판 위 가죽으로 된 배에서
── 임신한 사람들을 타게 한,
먹으려는 너무 많은 입들 ──

거울에 비친 학생들을 지나
어머니에게 손을 뻗치며
자매들이 자매들을 어떻게 응시했는지

5
C는 6월 18일에 아들을 낳았다…… 내 여동생과 나, 우리는
서로 낯선 사람들임을 나는 명증하게 느낀다. 우리는 서로
교류하지 않는다, 아니 우리가 진짜 느끼는 것을 말하지 않는다.
그래서 나는 어느 경우 심하게 우울했다, 내가 그녀에게
관대하고도 소박한 느낌을, 그녀에게서 기쁨을, 그녀의 전부에

really friends, and act the part of sisters. I don't know what really
gives her pain or joy, nor does she know how I am happy or how I
suffer.

1963

There were years you and I
hardly spoke to each other

then one whole night
our father dying upstairs

we burned our childhood, reams of paper,
talking till the birds sang

Your face across a table now: dark
with illumination

This face I have watched changing
for forty years

has watched me changing

대해 사랑만을 지니고 싶을 때. 하지만 우리는 진정 친구가
아니고, 그래서 자매 역할을 행한다. 나는 그녀의 아픔이나
기쁨이 사실 무엇인지 알지 못하며, 그녀 역시 내가 행복 혹은
고통을 어떻게 느끼는지 알지 못한다.

(1963)

여러 해 너와 나는
서로 전혀 말을 하지 않았어

그러던 어느 날 밤
우리 아버지가 위층에서 죽어 가고 있었지

우리는 우리 어린 시절을, 수많은 종이들을 불태웠어
새들이 노래할 때까지

네 얼굴이 지금 테이블 맞은편에 있어.   반짝이며
어두운

내가 사십 년 동안 변하는 것을
보았던 이 얼굴이

변하는 나를 보았고

this mind has wrenched my thought

I feel the separateness
of cells in us, split-second choice

of one ovum for one sperm?
We have seized different weapons

our hair has fallen long
or short at different times

words flash from you I never thought of
we are translations into different dialects

of a text still being written
in the original

yet our eyes drink from each other
our lives were driven down the same dark canal

6
We have returned so far

이런 마음이 내 생각을 쓰라리게 해

나는 우리 세포들 속
분리를, 쪼개진 순간의 선택을 느껴

정자 하나에 대한 난자 하나의?
우리는 서로 다른 무기를 잡았지

우리의 머리카락은 길게 늘어뜨렸거나
짧아 서로 다른 시간에

내가 결코 생각지도 않았던 말들이 네게서 번득여
우리는 원본으로 여전히

쓰이는 중인 텍스트를
서로 다른 방언으로 번역한 존재

그러나 우리의 눈은 서로를 마시고
우리 삶은 똑같이 어두운 운하 아래로 휘몰렸지

6
우리는 너무 멀리 돌아와

that house of childhood seems absurd

its secrets a fallen hair, a grain of dust
on the photographic plate

we are eternally exposing to the universe
I call you from another planet

to tell a dream
Light-years away, you weep with me

The daughters never were
true brides of the father

the daughters were to begin with
brides of the mother

then brides of each other
under a different law

Let me hold and tell you

1976

어린 시절 집 우스꽝스러워 보여

그 비밀들 떨어진 머리카락, 사진 틀 위
먼지 알갱이

우리는 우주에 영원히 노출되어 있어
나는 너를 다른 행성에서 부르지

꿈을 말하기 위해
몇 광년 떨어져, 너는 나와 함께 흐느껴

딸들은 결코 아버지의
진정한 신부가 아니었어

딸들은 먼저 어머니의
신부들로 시작했고

그다음 다른 법칙 아래
서로의 신부들

내가 너에게 계속 말해 줄게

(1976)

A WOMAN DEAD IN HER FORTIES

1

Your breasts/ sliced-off The scars
dimmed   as they would have to be
years later

All the women I grew up with are sitting
half-naked on rocks in sun
we look at each other and
are not ashamed

and you too have taken off your blouse
but this was not what you wanted:

to show your scarred, deleted torso

I barely glance at you
as if my look could scald you
though I'm the one who loved you

I want to touch my fingers
to where your breasts had been
but we never did such things

사십 대에 죽은 어떤 여자

1
잘린/　네 젖가슴　상처들은
희미해졌다　여러 해 지나
마땅히 그래야 하니

나와 함께 자란 모든 여자들은　햇살 아래
반쯤 벗은 몸으로 바위 위에 앉아 있고
우리는 서로 바라보며
부끄러워하지 않는다

너 또한 블라우스를 벗었으나
이건 네가 바라던 건 아니었다.

네 상처 입은, 삭제된 상반신을 보여 주는 것

나는 너에게 거의 시선을 주지 않는다
내 표정이 너에게 상처 줄까 봐
나는 너를 사랑하지만

나는 네 젖가슴이 있었던 자리를
내 손가락으로 만지고 싶었으나
우리는 결코 그러지 않았다

You hadn't thought everyone
would look so perfect
unmutilated

you pull on
your blouse again: stern statement:

*There are things I will not share
with everyone*

2
You send me back to share
my own scars   first of all
with myself

What did I hide from her
what have I denied her
what losses suffered

how in this ignorant body
did she hide

너는 모두가 손상을 입지 않고
어쩌면 그리 완벽해 보일 수 있는지
생각한 적 없었다

너는 블라우스를
다시 입는다: 단호한 진술.

나는 모든 이들과
나누고 싶지 않은 것이 있다

2
너는 나만의 상처를 먼저
나 자신과
공유하도록 내게 되돌려 보낸다

내가 그녀에게 숨겼던 것
내가 그녀에게 부인했던 것
잃어서 아팠던 것

이 무지한 몸에
그녀가 숨겼던 방식

waiting for her release
till uncontrollable light began to pour

from every wound and suture
and all the sacred openings

3
Wartime.   We sit on warm
weathered, softening grey boards

the ladder glimmers where you told me
the leeches swim

I smell the flame
of kerosene   the pine

boards where we sleep side by side
in narrow cots

the night-meadow exhaling
its darkness   calling

그녀로부터 풀려나기를 기다리다
통제할 수 없는 빛이 쏟아지기 시작할 때까지

모든 상처와 봉합
그리고 모든 성스러운 열림으로부터

3
전쟁 시.   우리는 따뜻하고
풍화된, 부드러운 회색 갑판 위에 앉아 있다

사다리들이 네 말로는
거머리들이 헤엄치는 곳에서 반짝인다

나는 석유 불꽃의
냄새를 맡는다   우리가

나란히 자는 좁은 침대 속
소나무 널판

밤의 들판이 그 어둠을
내쉰다

child into woman
child into woman
woman

4

Most of our love from the age of nine
took the form of jokes and mute

loyalty: you fought a girl
who said she'd knock me down

we did each other's homework
wrote letters   kept in touch, untouching

lied about our lives: I wearing
the face of the proper marriage

you the face of the independent woman
We cleaved to each other across that space

fingering webs

아이를 여자에게
아이를 여자에게
여자를 부르며

4
우리의 사랑은 대개 아홉 살 때부터
농담과 말 없는 충성의 형태를

띠었다: 너는
나를 때려눕히겠다고 말하는 소녀와 싸웠다

우리는 서로의 숙제를 했고
편지를 써서 연락했으며, 연락하지 않을 때에는

우리의 삶에 대해 거짓말을 했다: 나는
적절한 결혼을 얼굴에 쓰고

너는 독립적인 여성의 얼굴을 했으며
우리는 저 공간 너머 서로에게 집착했다

사랑과 헤어짐의

of love and estrangement   till the day

the gynecologist touched your breast
and found a palpable hardness

5
You played heroic, necessary
games with death

since in your neo-protestant tribe the void
was supposed not to exist

except as a fashionable concept
you had no traffic with

I wish you were here tonight   I want
to yell at you

Don't accept
Don't give in

But would I be meaning your brave

그물망을 더듬어   결국

부인과 의사가 네 젖가슴을 만져
손에 잡히는 단단한 것을 발견하는 날이 왔다

5
너는 죽음과 영웅적이고 필요한
시합을 했다

너의 신개신교 부족에게 공백은
유행하는 개념으로서 말고는

존재하지 않는 것으로 여겨졌으므로
너는 어떠한 거래도 하지 않았다

나는 오늘 밤 네가 여기 있었으면 한다   나는 너에게
소리치고 싶다

받아들이지 마
포기하지 마

하지만 내가 마음에 품을 수 있을까 너의 용감하고

irreproachable life, you dean of women, or

your unfair, unfashionable, unforgivable
woman's death?

6
You are every woman I ever loved
and disavowed

a bloody incandescent chord strung out
across years, tracts of space

How can I reconcile this passion
with our modesty

your calvinist heritage
my girlhood frozen into forms

how can I go on this mission
without you

you, who might have told me

가까이 할 수 없는 삶, 너 여성들의 대모, 또는

너의 불공평하고, 받아들일 수 없으며, 용서할 수 없는
여성의 죽음을?

6
너는 내가 늘 사랑했고
부인했던 모든 여성이다

세월을, 드넓은 공간을 가로질러
무제한으로 매달린 눈부시게 빛나는 줄

어떻게 나는 이 열정을
우리의 정숙함과 화합할 수 있을까

너의 캘빈주의 전통
형식으로 얼어붙은 내 소녀 시절

내가 어떻게 너 없이
이 사명을 계속할 수 있을까

너, 내게 말할지도 모르겠다

everything you feel is true?

7

Time after time in dreams you rise
reproachful

once from a wheelchair pushed by your father
across a lethal expressway

Of all my dead it's you
who come to me unfinished

You left me amber beads
strung with turquoise from an Egyptian grave

I wear them wondering
How am I true to you?

I'm half-afraid to write poetry
for you   who never read it much

and I'm left laboring

네가 느끼는 전부가 진실일까?

7
꿈에서 자꾸 너는
책망하는 듯한 모습으로 나타나는데

한번은 너의 아버지가 휠체어를 탄 채
치명적인 고속도로 건너편에서 나타났다

죽은 사람들 중에 미완의 존재로
내게 오는 사람은 바로 너

너는 이집트 무덤에서 나온 터키석에
달린 호박 구슬들을 내게 남겼다

나는 그것을 걸치고 묻는다
나는 너에게 얼마나 진실했을까?

나는 결코 시를 많이 읽지 않는 너를 위해
시를 쓰기가 걱정스럽다

그래서 나는 평범한 언어로

with the secrets and the silence

In plain language: I never told you how I loved you
we never talked at your deathbed of your death

8
One autumn evening in a train
catching the diamond-flash of sunset

in puddles along the Hudson
I thought: *I understand*

life and death now, the choices
I didn't know your choice

or how by then you had no choice
how the body tells the truth in its rush of cells

Most of our love took the form
of mute loyalty

비밀과 침묵으로 애쓰게

되었지.   나는 너에게 내가 얼마나 너를 사랑하는지 전혀
    말하지 않았다
우리는 네 죽음의 침상에서 너의 죽음에 대해 결코 말하지
    않았다

8
어느 가을 저녁 나는 기차를 타고
허드슨 강물에 비친

다이아몬드 빛의 노을을
따라가며 생각했다: 나는 지금 이해한다

삶과 죽음을, 그 선택을,
나는 네 선택을 알지 못했다

아니 너는 어떻게 그때까지 아무런 선택을 하지 않았는지
어떻게 네 몸이 세포들의 공격을 받으며 진실을 말하는지

대개 우리의 사랑은
무언의 신뢰를 형식으로 삼았다

we never spoke at your deathbed of your death

but from here on

I want more crazy mourning, more howl, more keening

We stayed mute and disloyal

because we were afraid

I would have touched my fingers

to where your breasts had been

but we never did such things

1974-1977

우리는 네 죽음의 침상에서 너의 죽음에 대해 전혀 말하지
　　않았다

그러나 그 직후 줄곧
나는 더욱 미친 듯이 한탄하고, 더 많이 울부짖고, 더 많이
　　슬퍼하고 싶다

우리는 두려웠기에
침묵을 지키며 충실하지 않았다

나는 네 젖가슴이 있었던 자리를
내 손가락으로 만지고 싶었지만
우리는 결코 그러지 않았다

(1974-1977)

MOTHER-RIGHT
(FOR M. H.)

Woman and child   running
in a field   A man planted
on the horizon

Two hands   one long, slim   one
small, starlike   clasped.
in the razor wind

Her hair cut short for faster travel
the child's curls grazing his shoulders
the hawk-winged cloud   over their heads

The man is walking boundaries
measuring   He believes in what is his
the grass   the waters underneath   the air

the air   through which child and mother
are running   the boy singing
the woman   eyes sharpened in the light
heart stumbling   making for the open

1977

어머니 권리
(M. H.를 위하여)

여자와 아이가   달려간다
들판에서   지평선에
심긴 남자

두 손   하나는 길고, 하나는   가느다란
별같이 자그만,   칼바람 속에
움켜잡은

빨리 다니려고 짧게 자른 그녀의 머리카락
아이의 어깨에 드리워진 곱슬머리
그들 머리 위로   매의 날개 모양 구름

그 남자가 걷고 있다 울타리를
재면서   그는 자신의 것을 믿는다
풀   땅 아래의 물   공기

공기   아이와 어머니가 뚫고
달려가는   그 소년은 노래하고
여자는   햇살 아래 날카로운 눈매로
가슴 두근거리며   열린 곳으로 향하며

(1977)

NATURAL RESOURCES

1

The core of the strong hill: not understood:
the mulch-heat of the underwood

where unforeseen the forest fire unfurls;
the heat, the privacy of the mines;

the rainbow laboring to extend herself
where neither men nor cattle understand,

arching her lusters over rut and stubble
purely to reach where she must go;

the emerald lying against the silver vein
waiting for light to reach it, breathing in pain;

the miner laboring beneath
the ray of the headlamp: a weight like death.

2

The miner is no metaphor. She goes

천연 자원

1
굳건한 언덕의 중심부: 이해할 수 없는.
덤불의 뿌리 덮는 열기

숲의 화재를 예측할 수 없는 곳.
열기, 광산의 비밀

자신을 확장하려 애쓰는 무지개
사람도 소도 이해할 수 없는 곳에서,

순전히 자신이 가야 할 곳에 닿으려
바퀴 자국과 나무 둥치 너머 자신의 광휘를 둥글게
　　구부리는.

은 광맥에 대비되게 놓인 에메랄드
빛이 닿기를 기다리며, 고통스럽게 숨 쉬는.

헤드램프의 빛 아래에서
일하는 광부. 죽음 같은 무게.

2
광부는 은유가 아니다. 그녀는 나머지 사람들처럼

into the cage like the rest, is flung

downward by gravity like them, must change
her body like the rest to fit a crevice

to work a lode
on her the pick hangs heavy, the bad air

lies thick, the mountain presses in on her
with boulder, timber, fog

slowly the mountain's dust descends
into the fibers of her lungs.

3
The cage drops into the dark,
the routine of life goes on:

a woman turns a doorknob, but so slowly
so quietly, that no one wakes

and it is she alone who gazes

철창 안으로 들어가, 그들처럼

중력으로 아래로 던져져, 나머지 사람들처럼
틈새에 맞춰 몸을 바꿔

자신에게 부과된 일을 한다
캐낸 것들은 무겁다, 나쁜 공기가

두텁게 드리우고, 산은 돌멩이와
나무, 안개로 그녀 위를 짓누른다

산의 먼지가 천천히 그녀의
폐 섬유질 속으로 내려온다

3
우리[35]는 어둠 속으로 떨어지고,
일상의 삶은 계속된다.

한 여자가 문고리를 돌리지만, 너무 느리고
너무 조용해서, 아무도 깨어나지 않는다

침실의 어둠을 응시하는 이는

into the dark of bedrooms, ascertains

how they sleep, who needs her touch
what window blows the ice of February

into the room and who must be protected:
It is only she who sees; who was trained to see.

4
Could you imagine a world of women only,
the interviewer asked. *Can you imagine*

a world where women are absent. (He believed
he was joking.) Yet I have to imagine

at one and the same moment, both. *Because*
I live in both. *Can you imagine,*

the interviewer asked, *a world of men?*
(He thought he was joking.) *If so, then,*

a world where men are absent?

그녀뿐, 그들이 어찌 잠드는지

알 수 있는 사람도, 그들에겐 그녀의 손길이 필요하고
창문에서 2월의 얼음 같은 바람이 방 속으로

불어오니 보호받아야 한다.
보는 이는 그녀뿐, 그녀는 보도록 훈련받은 사람.

4
여자들만의 세상을 상상할 수 있나요
인터뷰어가 질문했다. 여자들이 없는 세상을

상상할 수 있나요. (그는 자신이 농담하고 있다고
믿었다). 그러나 나는 상상해야 한다

한순간에 똑같은 순간, 둘 모두를. 왜냐하면
나는 그 두 세상 모두에 살고 있으니까. 상상할 수 있나요,

인터뷰어가 물었다, 남자들의 세상을?
(그가 농담하고 있다고 생각했다) 만약 그렇다면,

남자들이 없는 세상은?

Absently, wearily, I answered: Yes.

5

The phantom of the man-who-would-understand,
the lost brother, the twin —

for him did we leave our mothers,
deny our sisters, over and over?

did we invent him, conjure him
over the charring log,

nights, late, in the snowbound cabin
did we dream or scry his face

in the liquid embers,
the man-who-would-dare-to-know-us?

6

It was never the rapist:
it was the brother, lost,

지겨워서, 무심하게, 나는 대답했다. 그럼요.

5
잃어버린 쌍둥이, 형제를
이해할 수도 있을 남자의 환영 ——

그래서 우리는 우리의 어머니를 떠나고,
우리의 자매를 자꾸 부인했는가?

우리는 밤늦도록, 눈 쌓인 오두막에서
통나무를 태우며

이야기를 지어 그를 상기하고
술을 바닥까지 마시며

그의 얼굴을 꿈꾸거나 무서워했을까,
우리를 감히 알고 싶어 하는 그 남자의 얼굴을?

6
결코 강간범이 아니었다.
잃어버린, 형제였나,

the comrade/twin whose palm
would bear a lifeline like our own:

decisive, arrowy,
forked-lightning of insatiate desire

It was never the crude pestle, the blind
ramrod we were after:

merely a fellow-creature
with natural resources equal to our own

7

Meanwhile, another kind of being
was constructing itself, blindly

—— a mutant, some have said:
the blood-compelled exemplar

of a "botched civilization"
as one of them called it

동지이자 쌍둥이였다 그 손바닥에
우리 손바닥과 마찬가지로 생명선이 있는.

단호하고, 빠른,
여러 갈래 번개 치는 탐욕스런 욕망

그것은 결코 조악한 절굿공이도 아니고,
우리가 추구하는 눈먼 꽃을대[36]도 아니었다

우리 자신과 같은 천연 자원을 지닌
동료 종이었을 뿐

7
그러는 동안, 다른 부류의 존재가
맹목적으로, 자신을 구축하고 있었다

── 누군가, 돌연변이라고 했다
그들 중 한 사람이 말했듯

"실패한 문명"의
피를 부르는 사례

children picking up guns
for that is what it means to be a man

We have lived with violence for seven years
It was not worth one single life —

but the patriot's fist is at her throat,
her voice is in mortal danger

and that kind of being has lain in our beds
declaring itself our desire

requiring women's blood for life
a woman's breast to lay its nightmare on

8
And that kind of being has other forms:
a passivity we mistake

—— in the desperation of our search ——
for gentleness

충을 드는 아이들
그것이 남자가 되는 것을 의미하므로

우리는 7년 동안 폭력과 함께 살아왔다
단 한 생명의 가치도 없다 ——

그러나 애국자의 주먹은 그녀의 목에 가 있고,
그녀의 목소리는 치명적으로 위험하다

그리고 저런 부류의 존재가 스스로 우리의 욕망을
공표하며 우리의 침대에 누워 있다

평생 여성의 피를
여자의 젖가슴을 요구하여 악몽을 꾸게 하는

8
그리고 저런 부류의 존재는 다른 형태를 지닌다
우리가 —— 절망적으로 추구하는 중에 ——

온화함과 혼동하는 수동성

But gentleness is active
gentleness swabs the crusted stump

invents more merciful instruments
to touch the wound beyond the wound

does not faint with disgust
will not be driven off

keeps bearing witness calmly
against the predator, the parasite

9
I am tired of faintheartedness,
their having to be *exceptional*

to do what an ordinary woman
does in the course of things

I am tired of women stooping to half our height
to bring the essential vein to light

그러나 온화함은 능동적이다
온화함은 딱딱한 그루터기를 닦고

상처 이후의 상처를 만지려고
더 자비로운 도구들을 창조한다

혐오스러워 기절하지 않으며
멀리 쫓겨나지도 않을 것이다

약탈자, 기생충에 대항하여
평안하게 증언을 이어 간다

9
나는 지겹다 마음 약한 것이
그들이 예외적이어야 하는 것이

평범한 여자가 일하는 과정 중에
하는 것을 해야만 하는 것이

나는 지겹다 여성이 기본적인 성향을
드러내려 키의 반 정도로 몸을 낮추는 것이

tired of the waste of what we bear
with such cost, such elation, into sight

(—— for what becomes of what the miner probes
and carves from the mountain's body in her pain?)

10
This is what I am: watching the spider
rebuild- "patiently", they say,

but I recognize in her
impatience —— my own ——

the passion to make and make again
where such unmaking reigns

the refusal to be a victim
we have lived with violence so long

Am I to go on saying
for myself, for her

우리가 지니고 있는 것을
그런 비용을 치르며, 그렇게 의기양양하게, 낭비하는 것이,

(── 광부가 고통스럽게 산의 몸에서 깎아 내고
캐내는 것은 무엇이 되는 것일까?)

10
이것이 현재의 나야. 거미가
"끈질기게" ── 다시 짓는 것을 보며, 그들이 말한다,

그러나 나는 본다 그녀의 초조함에서
── 나 자신의 초조함을 ──

그렇게 부수는 일이 일어나는 곳에서
만들고 다시 만드는 열정을

우리는 너무 오래 폭력 속에서 살았어
희생자이기를 거부하며

나 자신을 위해, 그녀를 위해
계속 말하는 것일까

This is my body,
take and destroy it?

11

The enormity of the simplest things:
in this cold barn tables are spread

with china saucers, shoehorns
of german silver, a gilt-edged book

that opens into a picture-frame —
a biscuit-tin of the thirties.

Outside, the north lies vast
with unshed snow, everything is

at once remote and familiar
each house contains what it must

women simmer carcasses
of clean-picked turkeys, store away

이게 내 몸이야,
그것을 받아들이고 파괴하는?

11
가장 단순한 것의 거대함.
이 추운 헛간에 테이블이 펼쳐져 있다

도자기 접시, 양은으로 된
구두 주걱, 그림틀 속으로 ——

가장자리에 금칠한 펼쳐진 책
30년대 비스킷 상자가 있는.

밖, 북쪽에는 눈이
드넓게 쌓여 있고, 모든 것들이

멀고도 익숙하다
집집마다 있어야 할 것들이 있고

여자들은 깨끗하게 고른
칠면조 사체를 끓이고, 깔끔하게

the cleaned cutglass and soak the linen cloths
Dark rushes early at the panes

12
These things by women saved
are all we have of them

or of those dear to them
these ribboned letters, snapshots

faithfully glued for years
onto the scrapbook page

these scraps, turned into patchwork,
doll-gowns, clean white rags

for stanching blood
the bride's tea-yellow handkerchief

the child's height penciled on the cellar door
In this cold barn we dream

깎인 잔을 보관하고 리넨 천들을 흠뻑 적신다
이른 시각 어둠이 유리창 틀로 돌진한다

12
여성이 마련한 이런 것들은
우리가 지닌 전부이거나

그들에게 귀한 전부
이 리본 달린 편지들, 스크랩북에

여러 해 동안 충실하게
붙어 있는 스냅 사진들

조각보, 인형 옷이 된
이런 조각들, 지혈에 쓰이는

깨끗하고 하얀 조각들
신부의 노란색 손수건

지하실 문에 연필로 그은 아이의 키
이 차가운 헛간에서 우리는

a universe of humble things —
and without these, no memory

no faithfulness, no purpose for the future
no honor to the past

13
There are words I cannot choose again:
humanism   androgyny

Such words have no shame in them, no diffidence
before the raging stoic grandmothers:

their glint is too shallow, like a dye
that does not permeate

the fibers of actual life
as we live it, now:

this fraying blanket with its ancient stains
we pull across the sick child's shoulder

소박한 것들의 우주를 꿈꾼다 ——
이것들이 없다면, 어떤 기억도

어떤 충실함도, 미래를 향한 목적도
과거에 대한 영예도 없다

13
내가 다시 선택할 수 없는 언어들이 있다
휴머니즘   양성

이 언어들에는 어떤 수치도 없고, 사납게 화내는 엄격한
할머니들 앞에서의 주저함도 없다.

그들의 반짝임은 너무 흐릿하여,
지금, 우리가 실제 살고 있는 생활의

섬유질에 스며들지 않는
염료와 같다:

오래전부터 얼룩진 낡은 담요를
우리는 아픈 아이의 어깨 위로 당기거나

or wrap around the senseless legs
of the hero trai ned to kill

this weaving, ragged because incomplete
we turn our hands to, interrupted

over and over, handed down
unfinished, found in the drawer

of an old dresser in the barn,
her vanished pride and care

still urging us, urging on
our work, to close the gap

in the Great Nebula,
to help the earth deliver.

14
The women who first knew themselves
miners, are dead. The rainbow flies

살해하도록 훈련받은 영웅의
무감각한 다리에 감는다

미완이라 너덜거리는 이 직조물을
우리가 손을 대는데, 자꾸

중단되어, 끝내지 못한 채
물려주어, 헛간의

낡은 서랍 속에서 발견되는 것,
그녀의 희미해진 자부심과 보살핌은

여전히 우리를 재촉한다, 계속하라고
위대한 성운 안의

빈틈을 메워
대지가 생산하도록 도우라고.

14
자신들이 광부임을 최초로
알았던 여자들은 죽었다. 무지개가

like a flying buttress from the walls
of cloud, the silver-and-green vein

awaits the battering of the pick
the dark lode weeps for light

My heart is moved by all I cannot save:
so much has been destroyed

I have to cast my lot with those
who age after age, perversely,

with no extraordinary power,
reconstitute the world.

1977

마치 구름 벽에서 나와 날아가는 지지대처럼
날고, 은 초록색 잎맥이

곡괭이가 내려치기를 기다린다
어두운 광맥은 눈물을 흘리며 빛을 향하고

나의 가슴은 내가 지킬 수 없는 모든 것에 감동받는다.
그만큼 많은 것이 파괴되었다

나는 내 운명을 여러 해가
지나도, 고집스럽게,

특출한 힘 없이도,
세상을 재구성할 사람들에게로 내던져야 한다.

(1977)

TOWARD THE SOLSTICE

The thirtieth of November.
Snow is starting to fall.
A peculiar silence is spreading
over the fields, the maple grove.
It is the thirtieth of May,
rain pours on ancient bushes, runs
down the youngest blade of grass.
I am trying to hold in one steady glance
all the parts of my life.
A spring torrent races
on this old slanting roof,
the slanted field below
thickens with winter's first whiteness.
Thistles dried to sticks in last year's wind
stand nakedly in the green,
stand sullenly in the slowly whitening,
field.

     My brain glows
more violently, more avidly
the quieter, the thicker
the quilt of crystals settles,

지점을 향하여

11월 30일.
눈이 내리기 시작한다.
특유의 고요함이 들판과,
단풍나무 숲 너머로 퍼진다.
5월 30일,
오래된 관목 위로 비가 내려,
여린 풀 잎사귀 아래로 달려간다.
나는 한쪽 눈으로 흘낏 보면서
내 생명의 모든 부분들을 유지하려 한다.
봄의 물결이 이 낡은
비스듬한 지붕 위로 흐르고,
그 아래 경사진 들판은
겨울의 첫 하얀색으로 두터워진다.
지난해 바람에 줄기까지 메마른 엉겅퀴는
초록 속에 벌거벗은 채 서 있다,
느리게 하얘지는, 들판에서 시무룩하게
서 있다.

            내 머리는
더 격렬하게 더 열정적으로 빛난다
크리스탈 조각보는
더 고요하고 더 두텁게 자리 잡고,

the louder, more relentlessly
the torrent beats itself out
on the old boards and shingles.
It is the thirtieth of May,
the thirtieth of November,
a beginning or an end,
we are moving into the solstice
and there is so much here
I still do not understand.

If I could make sense of how
my life is still tangled
with dead weeds, thistles,
enormous burdocks, burdens
slowly shifting under
this first fall of snow,
beaten by this early, racking rain
calling all new life to declare itself strong
or die,
        if I could know
in what language to address
the spirits that claim a place

시냇물은 오래된 선반과 자갈들 위로
더 크고, 더 거침없이
스스로 두드리며 나아간다.
5월 30일,
11월 13일,
시작 또는 끝,
우리는 지점 속으로 들어가는데
여기에는 내가 여전히 이해할 수 없는
것들이 너무나 많다.

내가 이해할 수 있다면 내 인생이
죽은 잡초들, 엉겅퀴,
거대한 우엉, 새 생명을 불러
스스로 강해지라고 그렇지 않으면
죽는다고 말하며 후려치는 비에 물러가는
이때 이른 첫눈을 맞으며
느리게 움직이는 책임들에
어떻게 여전히
엉켜 있는지를,
                    내가 알 수 있다면
이 나지막하고 소박한 천장 아래
거처를 요구하는 영혼들,

beneath these low and simple ceilings,
tenants that neither speak nor stir
yet dwell in mute insistence
till I can feel utterly ghosted in this house.

If history is a spider-thread
spun over and over though brushed away
it seems I might some twilight
or dawn in the hushed country light
discern its greyness stretching
from molding or doorframe, out
into the empty dooryard
and following it climb
the path into the pinewoods,
tracing from tree to tree
in the failing light, in the slowly
lucidifying day
its constant, purposive trail,
till I reach whatever cellar hole
filling with snowflakes or lichen,
whatever fallen shack
or unremembered clearing

말하지도 움직이지도 않지만
이 집 안에 유령들이 있음을 내가 완전히 느낄 때까지
말없이 요구하며 거주하는 세입자들에게
어떤 언어로 말할 것인지.

만약 역사가 쓸려 버리지만 자꾸
뽑아내는 거미줄이라면
나는 어느 새벽이나 어스름에
고요한 어느 시골의 빛 속에서
그 잿빛을 분별할 수 있으리라
몰딩이나 문틀에서부터,
텅 빈 마당으로 뻗은
소나무 숲으로 난 길을
따라 올라가
사그라지는 빛
느리게 밝아오는 햇살 속에서
나무에서 나무로 따라가며,
그 지속적이고 목적이 분명한 길을 따라가며,
그리하여 드디어 나는 눈송이나 이끼로 채운
저장실 구멍에 도달한다
내가 찾으려 한
쓰러진 오두막 혹은 잊힌 개간지

I am meant to have found
and there, under the first or last
star, trusting to instinct
the words would come to mind
I have failed or forgotten to say
year after year, winter
after summer, the right rune
to ease the hold of the past
upon the rest of my life
and ease my hold on the past.

If some rite of separation
is still unaccomplished
between myself and the long-gone
tenants of this house,
between myself and my childhood,
and the childhood of my children,
it is I who have neglected
to perform the needed acts,
set water in corners, light and eucalyptus
in front of mirrors,
or merely pause and listen

그곳에서, 처음이거나 마지막
별빛 아래, 본능을 믿을 때
언어들이 내 마음에 떠오를 테니
나는 해마다 여름 지나
겨울, 말하지 못했거나 잊어버렸다
남은 내 삶을 붙잡고 있는 과거를
내려놓기에
과거에 대한 내 집착을 내려놓기에
적절한 노래를.

나 자신과 이 집의 오랜
세입자 사이에,
나 자신과 내 어린 시절 사이에
그리고 내 아이들의 어린 시절 사이에
여전히 어떤 작별 의식을 치르지 않았다면,
필요한 행동을 수행하지 않은 쪽은
바로 나,
구석에 물을 놓고, 거울 앞에
등과 유칼립투스를,
또는 그저 잠깐 휴식하며 눈이 내릴 때처럼
가벼이, 폭풍우처럼 격렬하게

to my own pulse vibrating
lightly as falling snow,
relentlessly as the rainstorm,
and hear what it has been saying.
It seems I am still waiting
for them to make some clear demand
some articulate sound or gesture,
for release to come from anywhere
but from inside myself.

A decade of cutting away
dead flesh, cauterizing
old scars ripped open over and over
and still it is not enough.
A decade of performing
the loving humdrum acts
of attention to this house
transplanting lilac suckers,
washing panes, scrubbing
wood-smoke from splitting paint,
sweeping stairs, brushing the thread
of the spider aside,

뛰는 나 자신의 맥박에
귀 기울이기,
그래서 그것이 말하는 것을 듣기.
나는 여전히 기다리는 듯하다
그들이 어떤 요구를 분명하게 하고
정확하게 소리 내고 몸짓을 보이기를,
나 자신의 내면이 아닌
다른 곳으로부터 와 풀어놓기를.

죽은 살을 잘라 내고,
오래된 상처를 지져 자꾸 몇 번이고
살갗을 벗겨 드러내기를 십여 년
그런데 여전히 충분하지 않다.
이 집을 살피는
다정하고 따분한 행동들을 수행하고
라일락 곁뿌리를 옮겨 심으며,
창틀을 청소하고, 갈라진 페인트에서
나무 연기를 닦고,
계단을 청소하고, 거미줄을
옆으로 걷어 내기를 십여 년,

and so much yet undone,

a woman's work, the solstice nearing,

and my hand still suspended

as if above a letter

I long and dread to close.

1977

그럼에도 여전히 하지 않은 많은 일,
여자의 일, 가까워지고 있는 지점,
그리고 여전히 가만히 있는 내 손
끝내기를 갈망하면서 동시에
두려워하는 편지 위에 있는 듯.

(1977)

TRANSCENDENTAL ETUDE
(FOR MICHELLE CLIFF)

This August evening I've been driving
over backroads fringed with queen anne's lace
my car startling young deer in meadows — one
gave a hoarse intake of her breath and all
four fawns sprang after her
into the dark maples.
Three months from today they'll be fair game
for the hit-and-run hunters, glorying
in a weekend's destructive power,
triggers fingered by drunken gunmen, sometimes
so inept as to leave the shattered animal
stunned in her blood. But this evening deep in summer
the deer are still alive and free,
nibbling apples from early-laden boughs
so weighted, so englobed
with already yellowing fruit
they seem eternal, Hesperidean
in the clear-tuned, cricket-throbbing air.

Later I stood in the dooryard,
my nerves singing the immense
fragility of all this sweetness,

초절기교 연습곡
(미셸 클리프[37]에게)

8월의 저녁 나는 야생 당근 줄기 늘어선
시골길을 운전하며 지났다
내 차에 초원의 어린 사슴들 놀라 —
한 마리는 거칠게 숨을 한 번 들이쉬고
다른 네 마리 새끼 사슴들은 그 뒤를
따라 어두운 단풍나무들 속으로 사라졌다.
석 달쯤 지나면 그들은 치고 도망치는 사냥꾼들에게
훌륭한 사냥감이 될 것이다, 주말에
술 취한 총잡이들의 방아쇠를
손가락으로 당기는, 파괴적 힘을 찬양하며, 종종
피투성이로 쓰러진 동물을 방치할 만큼
너무나 서툰. 그러나 한여름 이 저녁
사슴은 여전히 살아 있고 자유롭다,
이미 노란 과일로 묵직하고 둥그런,
이르게 무거워진 가지에서 사과를 우물거리며
그들은 영원한, 헤스페리데스[38] 같아,
맑은 음정의, 귀뚜라미 소리 울려 퍼지는 대기 속에서.

나는 이후 앞마당에 섰다,
내 신경들은 이 모든 아름다움의
무한한 연약함을,

this green world already sentimentalized, photographed,
advertised to death. Yet, it persists
stubbornly beyond the fake Vermont
of antique barnboards glazed into discothèques,
artificial snow, the sick Vermont of children
conceived in apathy, grown to winters
of rotgut violence,
poverty gnashing its teeth like a blind cat at their lives.
Still, it persists. Turning off onto a dirt road
from the raw cuts bulldozed through a quiet village
for the tourist run to Canada,
I've sat on a stone fence above a great, soft, sloping field
of musing heifers, a farmstead
slanting its planes calmly in the calm light,
a dead elm raising bleached arms
above a green so dense with life,
minute, momentary life — slugs, moles, pheasants, gnats,
spiders, moths, hummingbirds, groundhogs, butterflies —
a lifetime is too narrow
to understand it all, beginning with the huge
rockshelves that underlie all that life.

이미 감상적이 된, 사진에 찍힌, 죽음에 노출된
이 초록의 세상을 노래했다. 하지만 그것은
디스코텍, 인공 눈 안에서 반짝이는 오래된
헛간 선반의 가짜 버몬트 너머로,
무관심 속에서 태어나,
저질 폭력의 겨울로 자라나는 버몬트 아이들
너머로 고집스럽게 지속하고,
가난이 그들의 생애 내내 눈먼 고양이처럼 이를 간다.
그것은 여전히 계속된다. 관광객이 캐나다로 달려가도록
조용한 마을을 관통해 불도저로 밀어 버린 원래의
　　지름길에서
더러운 길로 돌아섰을 때,
나는 생각에 잠긴 듯한 어린 암소들의 들판에 쳐진
커다랗고 부드러운, 경사진, 돌담 위에 앉았다,
평화로운 햇살 속에 조용히 경사진 면의 농장,
시든 느릅나무가 일순의 순간적 생명 —
민달팽이, 두더쥐, 꿩, 각다귀,
거미, 나방, 벌새, 마멋, 나비 — 으로 빽빽한 초원 위로
바랜 팔들을 치켜들고 있는 곳
생은 너무나 짧아
그 모든 것을 이해할 수 없다, 저 모든 생명 아래 있는
육중한 바윗덩어리부터.

No one ever told us we had to study our lives,
make of our lives a study, as if learning natural history
or music, that we should begin
with the simple exercises first
and slowly go on trying
the hard ones, practicing till strength
and accuracy became one with the daring
to leap into transcendence, take the chance
of breaking down in the wild arpeggio
or faulting the full sentence of the fugue.
—— And in fact we can't live like that: we take on
everything at once before we've even begun
to read or mark time, we're forced to begin
in the midst of the hardest movement,
the one already sounding as we are born.
At most we're allowed a few months
of simply listening to the simple line
of a woman's voice siilging a child
against her heart. Everything else is too soon,
too sudden, the wrenching-apart, that woman's heartbeat
heard ever after from a distance,

누구도 우리가 사는 동안 내내 공부해야 한다고
우리의 삶을, 음악이나 자연사를 배우듯,
공부로 삼아야 한다고,
처음에는 소박한 운동으로 시작하여
천천히 어려운 것으로 계속 나아가, 강하고 정확함이
초월 속으로 용감하게 도약할 때까지 연습하고,
거친 아르페지오에서 무너지거나
푸가의 꽉 찬 악절을 실수하는 기회를 받아들이라고
우리에게 말하지 않았다.
── 그리고 사실 우리는 그렇게 살 수 없다. 우리는
읽거나 시간을 구분하기 이전 모든 것을
한꺼번에 받아들이고, 가장 어렵게 움직이는 와중에
우리가 태어났을 때 이미 들리는 것과
같은 것을 시작하도록 강요받는다.
우리는 한 여성의 목소리가
가슴에 안은 아이에게 노래하는 소박한 운율을
겨우 몇 개월 듣는 것만
허용한다. 다른 모든 것은 너무 빨리,
너무 갑작스럽고, 쓰라리게 떼어져, 여자의 두근거리는
    가슴은
그 이후 멀리에서 들리니,

the loss of that ground-note echoing
Whenever we are happy, or in despair.

Everything else seems beyond us,
we aren't ready for it, nothing that was said
is true for us, caught naked in the argument,
the counterpoint, trying to sightread
what our fingers can't keep up with, learn by heart
what we can't even read. And yet
it *is* this we were born to. We aren't virtuosi
or child prodigies, there are no prodigies
in this realm, only a half-blind, stubborn
cleaving to the timbre, the tones of what we are
—— even when all the texts describe it differently.

And we're not performers, like Liszt, competing
against the world for speed and brilliance
(the 79-year-old pianist said, when I asked her
What makes a virtuoso? —— Competitiveness.)
The longer I live the more I mistrust
theatricality, the false glamour cast

행복하거나, 절망할 때마다 울리는
주음은 잃어버린다.

다른 모든 것은 우리 너머에 있는 듯,
우리는 그것을 맞을 채비하지 않고, 말로 전하는 그 어떤
    것도
진실하지 않아,
논쟁에, 대조에 사로잡혀, 손가락이 따라갈 수 없는 것을
눈으로 읽으려 하고, 읽을 수조차 없는 것을
가슴으로 배우는 우리. 하지만
이것이 우리가 태어난 상황이다. 우리는 거장도
어린 영재도 아니다. 이 영역에서
영재는 없고, 다만, 우리 현재 모습의 음색, 음조에
―― 모든 텍스트들이 그것을 다르게 묘사할 때조차
고집스럽게 틈을 내는 반은 눈먼 이가 있을 뿐이다.

우리는, 리스트처럼, 속도와 걸출함으로
세상에 대항하여 경쟁하는 연주자가 아니다
(일흔아홉 살의 피아니스트에게 어떻게 거장이 되었냐 묻자
이렇게 대답했다 ― 경쟁심.)
나는 오래 살수록 더 많이 알게 된다.
연극조, 허황되고 화려한 연주 태도를

by performance, the more I know its poverty beside
the truths we are salvaging from
the splitting-open of our lives.
The woman who sits watching, listening,
eyes moving in the darkness
is rehearsing in her body, hearing-out in her blood
a score touched off in her perhaps
by some words, a few chords, from the stage:
a tale only she can tell.

But there come times — perhaps this is one of them —
when we have to take ourselves more seriously or die;
when we have to pull back from the incantations,
rhythms we've moved to thoughtlessly,
and disenthrall ourselves, bestow
ourselves to silence, or a severer listening, cleansed
of oratory, formulas, choruses, laments, static
crowding the wires. We cut the wires,
find ourselves in free-fall, as if
our true home were the undimensional
solitudes, the rift
in the Great Nebula.

더 불신하고, 우리가 삶을 열어 개방하는 것에서
진리 옆의 빈곤을 구해 낼 수 있음을.
앉아 지켜보며, 귀 기울이고,
어둠 속에서 눈을 움직이는
여성은 무대에서 어떤 언어들,
몇 마디 화음들이 그녀에게 촉발시킨 어떤 음을
몸으로 연습하고 피로 듣는다.
오직 그녀만 말할 수 있는 이야기.

그러나 지금이 그중 하나일 텐데 ── 이런 때가 온다 ──
우리 자신을 보다 더 진지하게 받아들여야 하는 그렇지
　　않으면 죽어야만 하는 때,
우리가 주문으로부터,
아무 생각 없이 따라 움직이고
스스로를 해방시키며, 웅변, 진부한 문구들, 합창, 탄식,
그리고 연줄들을 조용하게 모으는 일에서 벗어나,
우리 자신에게 침묵하게 하는, 아니면 더 엄정하게 귀
　　기울이게 하는
리듬에서부터 물러서야 할 때, 우리는 연줄을 끊고,
자유롭게 된 자신을 보게 된다, 마치
우리의 진정한 집은 차원 없는
고독, 커다란 성운 속

No one who survives to speak
new language, has avoided this:
the cutting-away of an old force that held her
rooted to an old ground
the pitch of utter loneliness
where she herself and all creation
seem equally dispersed, weightless, her being a cry
to which no echo comes or can ever come.

But in fact we were always like this,
rootless, dismembered: knowing it makes the difference.
Birth stripped our birthright from us,
tore us from a woman, from women, from ourselves
so early on
and the whole chorus throbbing at our ears
like midges, told us nothing, nothing
of origins, nothing we needed
to know, nothing that could re-member us.

Only: that it is unnatural,

틈새인 것처럼.
살아남아 새로운 언어를 말하는 이
아무도 없고 이것을 피했던 이 아무도 없다.
그녀를 오래된 땅에 뿌리내리게 한
낡은 힘 잘라 내기
극심한 고독의 정점
그 상태에서 그녀 자신과 모든 창조물은
똑같이 흩어지고, 무중력 같아, 그녀의 존재는
어떤 메아리도 울리지 않는 아니 전혀 울릴 수 없는
    울음이다 .

그러나 사실 우리는 늘 이와 같이,
뿌리 없이, 분해되었다: 그것을 알면 달라진다.
탄생이 우리에게서 탄생의 권리를 앗아 가고,
우리를 한 여자로부터, 여성으로부터, 우리 자신으로부터
너무나 일찍 떼어 내,
온전한 합창으로 우리들의 귀에 각다귀처럼
고동치는 소리는 우리에게 아무것도, 기원에 대해
아무것도, 우리가 알아야 할 어떤 것도, 우리를 상기할 그
어떤 것도 말해 주지 않았다.

다만, 부자연스럽다,

the homesickness for a woman, for ourselves,

for that acute joy at the shadow her head and arms

cast on a wall, her heavy or slender

thighs on which we lay, flesh against flesh,

eyes steady on the face of love; smell of her milk, her sweat,

terror of her disappearance, all fused in this hunger

for the element they have called most dangerous, to be

lifted breathtaken on her breast, to rock within her

—— even if beaten back, stranded again, to apprehend

in a sudden brine-clear thought

trembling like the tiny, orbed, endangered

egg-sac of a new world:

This is what she was to me, and this

is how I can love myself ——

as only a woman can love me.

Homesick for myself, for her —— as, after the heatwave

breaks, the clear tones of the world

manifest: cloud, bough, wall, insect, the very soul of light:

homesick as the fluted vault of desire

한 여자, 우리 자신,
그녀의 머리와 팔이 벽에 드리우는 그림자에 대한 강렬한
　　기쁨,
우리 살과 살을 맞대고 눕는
그녀의 무겁거나 날씬한 허벅지,
사랑의 얼굴 위 흔들림 없는 눈에 향수병을 앓는 것은:
　　그녀의 젖, 그녀의 땀,
그녀가 사라질까 두려움, 이 모두가
가장 위험하다고 호명되는 그 요소에 뒤섞인다, 그녀의
젖가슴에 숨 막히게 고양되거나, 그녀 안에서 흔들리거나
── 저지되거나, 다시 꼼짝 못하게 되어도,
신세계의 위험에 처한, 조그마한, 공 모양의
알주머니처럼 몸을 떨며,
불현듯 즉흥의 생각으로 이해하기.
이것이 그녀가 내게 존재한 바, 이것이
내가 나 자신을 사랑하는 방식 ──
여성만이 나를 사랑할 수 있으므로.

나 자신에 대한, 그녀에 대한 향수 ── 혹 서기가
시작된 후, 세상의 맑은 음조가
드러난다, 구름, 나뭇가지, 벽, 곤충, 빛의 바로 그 영혼.
향수는 욕망의 세로로 홈 파인 천장으로

articulates itself: *I am the lover and the loved,*
home and wanderer, she who splits
firewood and she who knocks, a stranger
in the storm, two women, eye to eye
measuring each other's spirit, each other's
limitless desire,

              a whole new poetry beginning here.

Vision begins to happen in such a life
as if a woman quietly walked away
from the argument and jargon in a room
and sitting down in the kitchen, began turning in her lap
bits of yarn, calico and velvet scraps,
laying them out absently on the scrubbed boards
in the lamplight, with small rainbow-colored-shells
sent in cotton-wool from somewhere far away,
and skeins of milkweed from the nearest meadow —
original domestic silk, the finest findings —
and the darkblue petal of the petunia,
and the dry darkbrown lace of seaweed;
not forgotten either, the shed silver
whisker of the cat,

그 스스로를 명확히 표현한다. 나는 사랑하고 사랑받는 이,
집이며, 방랑객, 장작을
쪼개는 여자 문 두드리는 그녀, 폭풍우 속
이방인, 두 여자, 눈에 눈을 맞대고
서로의 영혼을 측정하는, 서로의
무한한 욕망,

                 여기서 시작하는 온전한 새로운 시.

비전은 그런 삶에서 일어나기 시작한다
마치 한 여자가 방 안의 토론과
전문 용어에서 조용히 걸어 나와
부엌에 앉아, 실, 옥양목, 벨벳 조각을
무릎 위에서 뒤적이다,
그것들을 머나먼 어딘가에서 솜에 싸 보내온
무지개 색 조가비들, 아주 가까운 들판에서 온 유액 식물의
    타래 ——
원래 집 안에 있던 실크, 가장 훌륭한 재료들 ——
그리고 암청색 페투니아 꽃잎,
짙은 갈색의 말린 해초 묶음 등과 함께
불빛 아래 닦은 선반 위에 놓기라도 하듯.
잊히지 않는, 떨어진 은빛
고양이 수염,

the spiral of paper-wasp-nest curling

beside the finch's yellow feather.

Such a composition has nothing to do with eternity,

the striving for greatness, brilliance —

only with the musing of a mind

one with her body, experienced fingers quietly pushing

dark against bright, silk against roughness,

pulling the tenets of a life together

with no mere will to mastery,

only care for the many-lived, unending

forms in which she finds herself,

becoming now the sherd of broken glass

slicing light in a corner, dangerous

to flesh, now the plentiful, soft leaf

that wrapped round the throbbing finger, soothes the wound;

and now the stone foundation, rockshelf further

forming underneath everything that grows.

1977

되새의 노란 깃털 옆
구불거리는 말벌의 종이 모양 둥지 나선.
그런 구성은 영원, 위대함, 광휘에 대한 추구와는
아무 관련이 없다 ──
그저 그녀의 육체와 하나인
정신의 사색과 관련될 뿐, 능숙한 손가락들은 고요히
어둠을 밝은 쪽으로, 실크를 거친 것 쪽으로 밀치고,
정복하려는 의지 하나 없이
삶을 함께하는 원리를 끌어당기며,
그런 충만한 삶, 그녀가 자신을 발견하는
영원한 형식에만 관심을 두고,
지금은 깨어진 유리 조각이 되어
육체에 위험한 빛을,
구석에서 베어 내고, 욱신거리는 손가락을 감싼
풍부하고 부드러운 잎사귀가 되어, 상처를 누그러뜨린다.
그래서 이제 돌로 된 초석, 자라나는 모든 것들 아래에서
바위 지층은 더욱 형체를 이루어간다.

(1977)

1) 레닌봉(Lenin Peak)은 카자흐스탄과 키르기스스탄의 국경에 있는 7134미터 높이의 산이다.

2) 코카서스(The Caucasus)는 흑해와 카스피아해 사이에 있는 산맥 지역. 유럽에서 가장 높은 5642미터의 엘브러스산을 포함한 지역이다.

3) 오드리 로드(Audrey Lorde, 1934-1992)는 미국의 흑인 여성 시인으로 평생 인종 차별과 성차별, 동성애 혐오에 맞서 싸웠다.

4) 서아프리카에 위치한 부르키나파소가 1984년까지 사용한 국명이다.

5) 케테 콜비츠(Kethe Kollwitz, 1867-1945)는 독일의 여성 화가이자 판화가로 노동자의 비참한 생활, 어머니의 비애를 작품에 담았다.

6) 이마고(Imago)는 어린 시절 사랑한 대상을 이상화한 심상을 말한다.

7) 「잔 다르크의 수난(The Passion of Joan of Arc)」은 덴마크 출신 영화 감독 카를 테오도르 드레이어가 1928년에 제작한 무성 영화로, 잔 다르크가 성직자들로부터 재판을 받고 화형당하는 과정을 다룬다. 팔코네티(Renée Jeanne Falconetti)는 이 영화에서 잔 다르크 역을 맡았다.

8) 독일의 화학자인 로베르트 빌헬름 분젠이 고안한 분젠 버너에서 나오는 불꽃을 말한다.

9) 그리스 신화의 데메테론과 페르세폰을 기리는 비밀 종교 의식. 어머니 데메테르와 떨어져 지하 세계로 끌려간 페르세폰을 매해 봄 지상으로 다시 데려오기 위한 의식에서 시작되었다. 생명의 부활을 의미한다.

10) 3제곱 야드는 약 2.5제곱 미터다.

11) 스페인어로 금붕어를 뜻하는 페즈 도라도는 뉴욕시 브로드웨이에 있는 가게 이름이다.

12) 니나 시몬(Nina Simone, 1933-2003)은 미국의 흑인 가수이자 영화배우로 정치적 메시지를 노래로 전했다.

13) 윌리엄 블레이크(William Blake, 1757-1827)는 낭만주의를 이끈 영국의 시인이자 화가로 『순수의 노래』, 『경험의 노래』 등의 시집을 출간했다.

14) 조너선 스위프트(Jonathan Swift, 1667-1745)는 아일랜드 출신의 영국 작가로 『걸리버 여행기』를 썼다.

15) 카미유 클로델(Camille Claudel, 1864-1943)은 프랑스의 조각가. 로댕의 조수로 일하다 독립하여 독창적인 조각 작품을 남겼으나 그와 헤어진 후

정신 질환으로 고통을 겪었다.

16) 수니온(Sounion)은 그리스의 아티카 반도 가장 끝에 있는 곳이며, 원서에는 Sunion으로 표기되어 있다.

17) 필록테테스(Philoctetes)는 그리스 신화의 영웅들 중 한 명으로, 활의 명수로 알려져 있다.

18) 「장미기사(Der Rosenkavalier)」는 경쾌한 왈츠로 유명한 독일 작곡가 리하르트 슈트라우스(Richard Strauss, 1864-1949)의 3막 오페라로, 18세기 빈의 궁정에서 약혼 징표로 은으로 만든 장미꽃을 대리인을 통해 보냈던 풍습을 다룬다.

19) 독일 작곡가 리하르트 바그너(Richard Wagner, 1813-1883)의 「신들의 황혼(Götterdämmerung)」은 그의 오페라 연작 「니벨룽의 반지(Der Ring des Nibelungen)」의 계시적 결론부다.

20) 캐나다 뉴펀들랜드섬 인근 여러 섬으로 된 프랑스 해외 공동체를 말한다.

21) 모차르트의 교향곡 25번과 40번, 현악 사중주 등이 사단조 작품이다. 대개는 교향곡 40번을 칭한다.

22) 「트리스탄과 이졸데(Tristan und Isolde)」는 12세기 이후 유럽에서 널리 알려진 트리스탄과 이졸테의 사랑 이야기를 바그너가 오페라로 만든 작품이다.

23) 웨스트사이드와 리버사이드는 모두 뉴욕시의 거리 이름이다.

24) 매슈 아널드(Matthew Arnold, 1822-1888)의 시, 「마거릿에게(To Marguerite-Continued)」의 24행.

25) 스톤헨지(Stonehenge)는 영국 솔즈베리 근교에 있는 고대 거석 기념물을 말한다.

26) 브로드웨이는 미국 뉴욕주 슬리피홀에서 맨해튼 남쪽 끝까지 이어지는 거리. 어퍼 브로드웨이는 타임스 스퀘어 일대를 말한다.

27) 파울라 베커는 독일 표현주의를 대표하는 화가. 사실주의가 유행하던 19세기 말 화풍에 새 경향을 선보였다. 처음으로 화가 자신의 누드 자화상을 그리기도 한 파울라는 서른한 살에 산후 색전증으로 사망했다.

28) 클라라 베스토프는 독일 출신 조각가로 로댕에게 조각을 배웠다. 동료 화가의 소개로 릴케를 만나 결혼하지만 짧게 결혼 생활을 마치고 독자적인 여성 작가로 살았다.

29) 오토 모터존(Otto Modersohn, 1865-1943)은 독일의 유명한 풍경화가로 보르프스베데 예술 마을의 공동 창립자다.

30) 포인트 레예스(Point Reyes)는 미국 캘리포니아 샌프란시스코만에 있는

국립공원이다.

31) 노른(Norn)은 북유럽 신화에서 미래를 점치는 운명의 여신을 말한다.

32) 에이드리언 리치의 여동생인 신시아 리치(Cynthia Rich)의 약자다.

33) 호저는 쥐목의 호저류에 속하는 포유류로서 부드러운 털과 뻣뻣한 가시털이
나 있고 목에는 긴 갈기가 있다.

34) 라피아야자는 종려나뭇과에 속하는 상록 교목이다. 잎에서 섬유를 뽑아
끈이나 편물 재료로 쓴다.

35) 짐승을 가두어 기르는 케이지를 말한다.

36) 총포에 화약을 재거나 총열 안을 청소할 때 쓰는 쇠꼬챙이를 말한다.

37) 미셸 클리프(Michell Cliff, 1946-2016)는 자메이카 출신의 미국 소설가이자
시인으로 1970년대 중반부터 에이드리언 리치의 파트너였다. 자메이카의
인종과 계급, 성차별, 식민주의의 잔재를 작품에 다루었다.

38) 헤스페리데스(Hesperidean)는 그리스 신화에서 헤스페로스의 딸들로, 세상
서쪽 끝에 있는 축복의 섬에서 황금 사과밭을 용과 함께 지키는 님프들이다.

에이드리언 리치(1987년)

1929년   5월 16일 미국 메릴랜드주 볼티모어 출생. 아버지 아널드
라이스 리치는 존스홉킨스 의과대학교에서 병리학과
교수로 재직. 부친이 문학에 대한 관심과 조예가 깊어
장녀인 에이드리언에게 어린 시절부터 영국의 시인들,
특히 19세기 대표 시인들에 대해 읽게 하고 그녀 자신의
작품을 쓰도록 독려. 어머니 헬렌 엘리자베스 존스 리치는
피아니스트. 부부는 장녀인 에이드리언과 둘째 딸을 모두
기독교의 가르침에 따라 키우며 홈스쿨링으로 교육시키다,
에이드리언이 초등 4학년의 나이가 되어서야 비로소
공교육을 받게 함.
롤랜드 파크 컨트리 스쿨에 입학 및 졸업. 이곳에서
지적 열정을 지닌 독신 여성의 삶을 꿈꿀 수 있었다고
에이드리언은 묘사.
레드클리프 칼리지에 입학 및 졸업. 나중에 하버드
대학교에 통합되는 이 여자 대학교에서 에이드리언은 시의
기교를 집중적으로 배울 수 있었음.

1951년   레드클리프 칼리지를 졸업하던 해, 예일 대학교에서
수여하는 '젊은 시인상'을 받음. 이 상의 심사위원장은
위스턴 휴 오든이었고, 이때 수상한 작품집 『세상의
변화』의 서문을 오든이 씀.
구겐하임 지원금을 받고 영국 옥스퍼드 대학교에서 1년간
연구할 기회를 얻었으나, 먼저 이탈리아 피렌체로 가서
지내다 영국으로 가지 않고 이탈리아에 머물기로 결정함.

1953년   경제학사였던 알프레드 해스컬 콘래드와 결혼. 콘래드는
에이드리언이 학부 시절 만났던 하버드 대학교의 경제학과
교수였고, 이들은 메사추세츠주 케임브리지에 정착.

1955년	두 번째 시집『다이아몬드 절단기』출간.
	미국 시인협회로부터 '리질리 토런스 기념 상' 수상.
	첫째 아들 데이비드 출산.
1957년	둘째 아들 파블로 출산.
1959년	셋째 아들 제이콥 출산.
1960년	'국가 예술문학상' 수상.
1961년	구겐하임 펠로십을 받아 네덜란드에서 연구.
1962년	볼링겐 재단 상 수상.
1963년	세 번째 시집『며느리의 스냅 사진』출간.
1966년	가족 모두 뉴욕으로 이사. 이후 에이드리언은 당시의 반전 운동, 페미니즘 운동 및 인권 운동에 적극 참여함. 『삶의 필수품』출간.
1967년	스워스모어 칼리지에서 강의하기 시작하여 1969년까지 계속함. 컬럼비아 대학교에서도 강의하고, 뉴욕 시티 칼리지에서 가르치는 일을 1975년까지 계속함. 남편과 함께 반전 운동에 적극 참여하면서 보다 과격한 주장에 동조. 반전 및 인권 운동 기금을 모으는 일에도 적극적으로 참여함.
1968년	남편 콘래드가 뉴욕 시티 칼리지로 직장을 옮김. 베트남 전쟁에 반대하는 행동들의 하나로 세금 내기를 거부하는 운동에 동참.
1969년	『전단지』출간.
1970년	남편과 별거 시작. 얼마 후 남편은 뉴욕 근교 숲으로 들어가 권총 자살.
1971년	『변화에의 의지』출간. 미국시인협회로부터 '셸리 기념상' 수상. 브랜다이스 대학교에서 강의.
1974년	『난파선 속으로 잠수하기』출간. 앨런 긴즈버그와 '전미 도서상' 공동 수상.

1975년	『에이드리언 리치의 시와 산문집』 출간.
	브라이언 모 칼리지에서 강의.
1976년	자메이카 출신 작가 미셸 클리프와 파트너로 같이 살기 시작.
	『여성으로 태어나: 경험과 제도로서의 모성』 출간. 이
	산문집에서 리치는 여성의 몸과 정신 및 심리에 대한
	가부장제의 억압을 폭로함. 여성은 모두 어머니와 딸로서,
	어머니는 자신의 삶의 한계를 확대하려 노력하여 희생자가
	되기를 거부하는 것에서 딸에게 새로운 삶의 가능성을
	제시할 수 있다고 지적함.
	뉴욕 시티 칼리지에서 가르치기 시작, 럿거스 대학교에서
	영문학 교수로 강의.
1977년	『스물한 편의 사랑 노래』 출간.
	언론 자유를 위한 여성 기구에서 준회원으로 일함.
1978년	『스물한 편의 사랑 노래』가 실린 『공통 언어를 향한 꿈』 출간.
	이후 여러 산문들을 통해 레즈비언을 본격적으로 다루기
	시작하여, 여성 내면의 본능을 억제하는 사회적 기제와 그
	문제들을 지적.
1979년	레즈비언을 다룬 에세이들을 모아 『거짓말 비밀, 그리고
	침묵에 대해』 출간.
	스미스 칼리지에서 명예 박사 학위 받음.
	미셸 클리프와 함께 메사추세추주 몬테규로 이사.
	나중에는 서부 산타크루즈로 이사하여 정착함. 이후 UC
	산타크루즈와 스크립스 칼리지, 산호세 대학교에서 강의.
1981년	미셸 클리프와 함께 레즈비언 페미니스트 잡지 《불길한
	지혜》의 편집진에 합류하여 편집장으로 1983년까지 활동.
	코넬 대학교에서 강의하기 시작하여 1987년까지 계속함.
	『미친 듯한 인내심으로 여기에 오기까지』 출간.
1983년	『원천』 출판.
1984년	네덜란드 위트레흐트에서 열린 '여성, 페미니스트의 정체성,

사회' 컨퍼런스에서 연설함.

『문턱 너머 저편』 출간.

1986년　『당신의 고국, 당신의 인생』,『피, 빵 그리고 시』 출간.

1989년　『시간의 힘』 출간.

　　　　'전미 시협회상' 수상.

　　　　하버드 대학교에서 명예 박사 학위 받음.

1990년　유태인의 문제를 다루는 잡지《브리지》의 창설 멤버이자 편집장으로 활동함.

1991년　『난세의 지도』를 출간하여《로스앤젤레스 타임스》의 '시 분야 상', '레노 마셜 네이션 상', '영연방 문학상'을 받음.

1993년　다시 이 작품으로 '시인의 상'을 받음.

　　　　산문집,『그곳에서 발견된 것: 시와 정치에 대한 소고』 출간.

1994년　'맥아더 펠로십과 상'을 수상.

1995년　『공화국의 어두운 들판』 출간.

1996년　월리스 스티븐스 기념상 수상.

1997년　클린턴 행정부에서 수여하는 국가예술훈장 대상자로 선정되었으나 거부함.

1999년　『한밤의 구조』 출간.

2001년　『가능한 것의 예술』,『여우』 출간.

　　　　2000년대 초반 이라크에서의 전쟁에 반대하는 운동에 참여.

2002년　미국 시인 아카데미 의장으로 지명됨.

2003년　예일 볼링겐 상 수상.

2004년　『폐허 속의 학교』 출간.

2006년　평등포럼에서 그녀의 시를 LGBT 역사에서 큰 업적을 남겼다고 기림.

2007년　『미로에서 울리는 전화』 출간.

2010년　『오늘 밤 아무 시도 없을 것이다』 출간.

　　　　그리핀 시 상에서 평생공로상 수상.

2012년　3월 27일에 캘리포니아주 산타크루즈에서 사망.

여성의 목소리로 부르는 사랑 노래

허현숙

　　에이드리언 리치는 1951년 스물두 살에 처음 발표한『세상의
변화』에서부터 2010년의『오늘 밤 아무 시도 없을 것이다』까지
스무 권에 가까운 시집에서 여성 의식 및 페미니즘을 일관된
주요 주제로 삼고 있다. 리치의 첫 시집에서 가장 널리 알려진
「제니퍼 이모의 호랑이」는 그녀가 대학 시절에 쓴 작품인데도
가부장 중심의 결혼 생활에서 여성이 겪는 억압을 다루는데,
당시 리치를 높이 평가한 시인이나 평론가들은 주로 그녀
작품의 시 언어가 지닌 정갈함과 정형화된 형식에서 비롯된
아름다움에 대해 주목했지 여성의 삶을 다루었다는 점에 주목한
것은 아니었다. 즉 그때까지 남성 문인들이 세워 온 영시의
창작 방식에 철저하게 따른 작품을 씀으로써 리치는 당대 미국
문학의 권력을 차지했던 남성 시인 및 비평가들로부터 촉망받는
시인으로 성장할 것이라는 평가를 받을 수 있었다.
　　그러나 리치는 이러한 문단 권력으로부터 받는 찬사에
만족하지 않았다. 결혼 후 아이를 낳아 키우면서 그녀는
여성으로서의 정체성을 확인하게 되었고, 이제까지 여성다운
삶으로 찬양받았던 것들을 재고하여 해체하기 시작했다.
특히 반전 운동과 인권 운동에 참여하면서 리치는 당시
모더니스트들의 추상적이고도 사변적인 시적 형상화 대신 평범한
여성들의 삶을 형상화하는 데 시인으로서의 열정을 쏟았다.
그 과정에서 리치는 여성들이 주변으로 내몰려 자신의 언어가
아닌 남성들의 언어를 통해 세상에 투영되고 있음을 지적했다.

가부장적 사회가 이미 마련한 여성다움의 범주 안에서 여성은 주체적인 사유나 독립적인 언어 표현의 가능성을 상실하고 있었다. 리치의 시 작품은 이런 현실에서 여성 스스로 자신을 들여다보고 그 안에서 어떤 모습을 보고 있는지, 자신이 보고 있는 여자는 누구인지 질문하도록 촉구한다.

서로를 인식하는 삶, 공통 언어를 향하여

『공통 언어를 향한 꿈』은 리치의 바로 이러한 촉구가 지향하는 지점을 드러내는 작품집이다. 이 시집에 실린 작품들에서 리치는 사회에서 소외되어 살아온 여성의 처지에 대한 한탄이나 분노를 넘어 여성의 연대 의식을 강조하고 추구한다. 여성 화자가 자신의 또 다른 자아나 다른 여성 인물에게 제시하는 것은 각 개인으로서의 목소리가 아닌 '우리'의 목소리로 긍정적인 답을 찾는 일이다. 여성의 공통된 목소리를 통해 여성에 대해 말하려는 의도는 리치가 이 시집의 제문을 힐다 둘리틀의 시 작품에서 가져온 것으로도 알 수 있다. 1946년에 발표한 둘리틀의 시를 인용하여 리치는 자신의 목소리를 이전 시대 여성 시인의 목소리와 연결한다. 이로써 리치는 여성들 사이의 연대를 실현한다. 리치에게 서로 연결하려는 여성들의 의지는 여성 모두 사회적으로 같은 곳에 존재한다는 것을 인정하여 외부로부터 오는 억압에 대항할 힘을 지닐 수 있음을 의미한다. 그렇게 모은 힘은 여성적 사랑의 근원이자 각 여성 개인의 자아 성찰의 궁극적 근원이기도 하다.

전체 3부로 된 『공통 언어를 향한 꿈』은 1부, '힘', 2부 '스물한 편의 사랑 시', 3부 '다른 곳 아닌, 바로 이곳'이라는 소제목으로 구성되어 있다. 1부 여덟 편의 시 작품을 관통하는 주제는 여성 시인이 바라보는 다른 여성 존재의 한계와 그것을 극복하는 방식에 대한 제안이다. 가령 첫 시 「힘」에서 화자는 여성 최초로 노벨 물리학상과 화학상을 받은 프랑스의 과학자 마리 퀴리의 성취가 어디에서 비롯된 것인지를 드러내고, 그녀가 이룬 것이 결국 그녀를 죽음으로 몰아간 역설을 지적한다. 그 역설로부터 시인이 읽어 내는 것은 여성의 사회적 성취가 그녀 개인을 파멸시킨다 해도 후세의 여성들에게는 "이 땅에 살기 위해 필요한 물약"과 같은 것이라는 점이다. 우리는 모두 역사의 퇴적물 속에서 살아가고 있기 때문이다. 즉 여성 개인이 이루는 사회적 성취가 아무리 그녀 자신에게 상처가 된다 할지라도 후대 다른 여성에게는 우울증 치료제인 양 삶을 지탱하게 하는 약이 된다는 것이다.

여성 개인을 넘어 다른 여성들에게 끼치는 '힘'의 영향력은 그것이 한 개인의 목소리가 아니라 '우리'의 목소리로 전환될 때 더 강해진다. 1974년에 레닌봉을 오르다 죽은 여성 산악 팀 리더 엘비라 샤타예브를 소재로 한 둘째 시 「엘비라 샤타예브를 위한 환상곡」에서 화자가 격한 감정을 누르며 말하는 여성 사이의 연대는 생존을 위한 것이며 여성이 꿈꾸는 '우리 모두의 삶' 그 자체다. 그러므로 어둠 속에서일지라도 서로를 인식하는 것, 이것이 바로 인생이다.(「의식의 기원과 역사」)

서로에 대한 인식은 나와 마찬가지로 그들도 날개 잘린 새처럼 절개된 상태로 삶을 지나왔음을 아는 일이다. 그런데 이런 삶에 대한 언어는 리치가 보기에 이제까지 없었다. 남성의 언어는 여성이 살아온 '하얀 벽'을 마주하고 위기를 견뎌 온 삶을 묘사하지 않았다. 그들의 언어는 여성을 대상화하여 그들의 육체를 숭배하는 언어였고, 여성의 진실을 담지 않는 그들만의 것이었다. 그러니까 여성이 자신의 언어로 받아들이고 그 내용을 이해할 수 있는 언어, 즉 '공통 언어'를 향해 나아가지 않으면 안 되는 것이다.

물론 리치가 '공통 언어'를 처음 거론하고 제기한 것은 아니다. 이미 19세기에 워즈워스는 이전 시대 시인들의 언어가 특정 계층이나 상류 계층의 언어라고 규정하고 새로운 언어, 즉 귀족

계층 이상의 사람들이 아니라 보통 사람들이 사용하는 말을 써야 한다고 주장했다. 평범한 사람들이 사용하는 말을 사용함으로써 워즈워스는 자연과 함께 사는 보통 사람들의 소박한 삶과 그 속에서 용솟음치는 정서를 그릴 수 있다고 보았다. 그런데 리치가 보기에 워즈워스를 통해 이미 시의 언어가 된 보통 사람들의 언어는 여전히 '공통 언어'가 아니다. 남성이 여성을 묘사할 때 그 언어는 남성의 언어이지 여성의 언어는 아닌 것이다. 그러므로 여성으로서 여성의 삶을 이야기하고 전달할 필요가 있다. 여성의 삶을 여성의 눈으로 보고 그 언어로 이야기함으로써 여성 삶의 진실이 드러날 수 있다.

리치는 다른 여성의 삶을 대면하는 것은 그리 어렵지 않다고 말한다. 어쩌면 간단하다고도 말할 수 있을 만큼 여성이 "난도질당한 배경, 우리를 이룬 낟알, 선택" 등은 쉽게 이해할 수 있다. 그런 것들은 어떤 여성이든 경험하는 일이기 때문이다. 그러나 전혀 교류하지 않던 두 자아가 상대방의 상처를, 그로 인한 비명을 통해 그의 내면을 이해한다는 것은 그리 간단하지 않다. "길거리 저 너머 매 맞는 누군가의 비명/ 강도와 강도당한 사람의 마음을 아는 일"은 간단하지 않은 것이다. 그럼에도 리치는 '서로를 인식하는 일'을 '삶'이라고 부르려 한다.

삶을 산다는 것은 바로 이웃 여성의 존재를 인정하고 그녀를 나와 같은 존재로 받아들이는 일이다. 그러므로 시인은 "나의 의지, 나의 사랑 속으로 뚫고 들어온 딸과 자매들"의 고통에 이름을 지어 주려 한다. 이제껏 남성의 언어로 전달되어 왜곡되거나 아예 침묵으로 가려졌던 것을 '우리'의 언어로, '속삭임'으로, 그리고 '대화'를 통해 전달하려 한다. 그럴 때 "진리가 촉촉하고 푸르게 터져 나오는"(「침묵의 도면」) 것이다. 따라서 리치가 말하는 '공통 언어'는 여성들이 서로 소통하고 연결할 수 있는 지점을 지향한다. 이것은 여성 각자 특권을 지닌 존재로서가 아닌 평등한 존재로, 특정 상황에서만이 아니라 일상생활에서, 자신의 삶을 다른 여성의 삶과 연결하여 이해하는 것이다. 물론 이러한 언어에 대한 지향을 '꿈'으로 제시함으로써 리치는 현실에서 과연 도달할 수 있는지에 대해 유보적인 태도를 보인다. 그러나 꿈은 현실의 한계를 뛰어넘으려는 의지의 발현이다. 꿈을 지님으로써 현실은 바뀔 수 있는 계기를 마련한다.

이 여자가 바로 내가 애써 말하려 한 여자

이러한 여성들의 연대 의식은 서로에 대한 사랑 노래 형식으로 나타난다. 소위 레즈비언 여성의 사랑 노래로 읽을 수도 있는 2부 '스물한 편의 사랑 시'는 이성애자이든 동성애자이든 성적 정체성과 관계없이 모든 여성 사이의 사랑을 노래한 연작시다. 이제까지 역사를 기록하고 삶을 노래해 온 남성은 '우리의 삶'을 말하지 않았다. 문학사에서 높이 평가받는 스위프트나 괴테 등 남성 작가들은 여성을 찬미하면서도 여성의 어느 한 측면을 혐오하거나 두려워하여 여성의 삶을 온전히 그리지 못했다. 리치는 여성이 아이를 낳다 죽거나 당시 관습에 어긋나는 삶을 산다는 이유로 마녀 취급을 받으며 화형을 당하기도 했음을 지적하면서 결국 여성이 자신의 삶을 스스로 이야기해야 한다고 말한다. 남성이 제대로 드러내지 않은 여성의 삶은 여자들이 부재하는 문명이며, 반쪽에 불과한 세상이다. 그러니 이제는 여성 스스로 나머지 반쪽의 세상을 발굴하여 채워 나가야 한다.

남성이 말하려 하지 않는 여성의 삶을 '우리' 여성이 말한다는 것은 여성이 할 수 있는 일이 남성 못지않게 많다는 것이다. 2부 「나는 네 침대에서 잠을 깨지」에서 시인은 여성의 손으로 해내는 일들을 나열하는데 남성이 하는 일들과 다른 것이 없다. 여성의 손은 전기 공구와 자동차 핸들을 다루며 태중의 아기를 돌려놓기도 하고 탐험 구조선을 안내할 수도 있다. 여성의 손은 정교하고 바늘같이 가느다란 조각들을 이어 붙일 수 있을

만큼 세심하다. 여성의 손으로 폭력이 일어난다 해도 그 한계를
의식하고 통제하므로 그 이상의 폭력은 있을 수 없다.

그런데 이러한 여성의 손으로 거의 모든 일을 해낸다는 것이
의미를 지니는 것은 그 손이 나와 똑같은 손이기 때문이다.
특정 여성뿐만 아니라 시의 화자인 나를 포함한 일반적인 여성
모두 이러한 일들을 할 수 있다. 따라서 리치에게 여성은 특정한
개인으로 존재하기보다는 동일체로 존재한다. 여성의 여성에
대한 동일성, 또는 여성의 연대가 바로 이 작품에서 함축한
여성의 손이 할 수 있는 일의 의미다.

그런 점에서 남성이 노래하지 않는 여성 존재를 여성이
노래한다는 것은 여성의 복합적이고도 온전한 모습을 노래하는
것이다. 나무에 대해, 전쟁에 대해 시인이 시를 쓰는 것처럼
여성의 여성에 대한 동질성과 연대를 노래하는 것은 어떤
회의적인 질문에 맞닥뜨리더라도 해야만 하는 일이다. 리치는
어떤 의문 앞에서도 여성들의 침묵을 들춰내 '이름 붙이는' 일을
기꺼이 수행하여 여성이 여성에게 부르는 노래를 "옛 노래를
새로운 가사로 부르는 어떤 여성의 목소리"라고 명명한다.
여기에서 '새로운 가사'는 남성의 언어 사용 방식이 아닌, 즉
남성이 규정하고 그들이 제정한 법 테두리를 벗어나는 방식을
취한다. 그녀의 작품에서 보이는 단어와 단어 사이의 여백이나
의미 분절을 일으키는 문장 구조 등이 바로 그런 방식의 하나다.
그렇게 함으로써 리치는 여성의 무의식과 불연속적이고도
비이성적인 꿈을 활용할 수 있고, 여성의 목소리를 제대로 낼 수
있다고 보았다. 즉 새로운 언어를 만들어 낼 수 없다면 기존의
언어를 이용하여 그것의 한계를 극단까지 몰고 가 그곳에서부터
새로운 힘을 얻을 수 있는 것이다. 리치는 자신의 시 작품들에서
바로 이것을 실현한다. 리치의 시는 가부장 사회가 마련한
여성 이미지를 뒤져 그 폐허와 다를 바 없는 바닥에서 여성의
실체를 찾아내고 그것이 다른 여성들에게도 공통된다는 인식을

드러내는 것이다. 이로써 '우리는 같은 성을 지닌 두 명의 연인, 한 세대에 속한 두 명의 여성'임을 인식하여 다른 여성과의 연대를 일깨우고 촉구한다. 물론 이러한 인식이 언제나 확고한 신념으로 각인되는 것은 아니며, 종종 일어나는 불안과 확신에 대한 결핍 역시 부인할 수 없다. 오랜 동안 길들여진 남성 중심의 가치 체계와 그들이 제시한 법에 순응해 온 습관적 의식으로 인해 여성 스스로 자존을 지키려는 삶에 대해 위협을 느끼기도 한다. 그럴 때 리치의 화자는 "두 사람이 함께 사는 것은 어떤 문명도 쉽게 해 준 적 없는", "평범함 속의 영웅적인 일"로써 결국 "가장 강렬한 관심조차 일상적인 것이 되는" 정점의 위치에 있는 것이라고 말한다. 이 정점에서 여성 사이의 사랑은 일상적인 것이 되고 이상하지도 비정상적이지도 않은 것이 된다. 그러므로 여성 화자는 다른 여성과 만나 나누는 대화가 그야말로 화자 자신의 영혼을 향한 대화이며, 여성 간의 이야기는 결국 자신에게로 향하는 이야기임을 알게 된다.

다른 곳 아닌, 바로 여기에 '여성'

『공통 언어를 향한 꿈』 3부에 실린 열 편의 시는 제목에서 알 수 있듯 '다른 곳 아닌, 바로 이곳'에서 만나는 여성들에 대한 시다. 구체적 일상의 삶에서 여성이 어떻게 다른 여성의 삶과 섞이고 교류하여 동질성을 깨닫는지를 다루면서 리치는 남성 삶의 속성을 드러내는가 하면, 그들로부터 벗어난 여성의 삶이 어떤 방향으로 나아가는지를 보여 준다. 우선 이전 리치의 작품에서 그리 노골적으로 언급되지 않았던 남성의 삶은 여성을 뜯어먹는 삶이라거나 남성의 예술은 여성의 보호를 받는, 나아가 여자들로부터 앗아 가는 것이 남성의 법칙이라는 말로 표현된다. 이렇게 남성의 삶이 강한 언어로 정의되는 것은 그들의 삶으로부터 여성이 자유로워지고, 그래서 자신의 삶에 대한 욕망을 전혀 억누르지 말라는 리치의 의도와 연결된다.

리치가 말하는 여성 삶에 대한 소망은 물론 여성 화자 자신이
그녀 자신에게 갖는 것이기도 하지만 자신의 자매에게, 다른 여성
친구에게 전하는 희망으로써 리치가 이 작품집 전체에서 전하려
하는 주제를 환기시킨다.

　이러한 환기를 통해 리치는 여성이 '낯선 남자의 몸 아래에서
어떻게 폭력이나 체념 속으로 가라앉지' 않았는지 질문하고,
결국 여성이 "서로 다른 방언으로 번역한 존재"라고 역설하며
여성의 동질성을 일깨운다. 여성의 내면은 마치 똑같은 텍스트인
양 모두 같은데 다만 그 내면을 전달하는 언어가 다를 뿐이다.
그래서 서로 다른 언어를 공통어로 맞추는 것이 여성의 동질성을
깨닫고 일깨우는 것만큼 중요하다. 리치가 말하는 '공통 언어'를
향한 꿈은 바로 이러한 맥락에서 여성 자신의 목소리에 대한
열망이다. 그것은 여성 스스로 자신의 삶을 이야기하는 것,
자신이 어머니로부터 자매나 친구로부터 얼마나 소외되고 멀리
떨어진 삶을 살게 되었는지, 결혼 생활의 외로움에 대해, 아이를
낳으며 차라리 죽음을 꿈꿀 정도였던 것에 대해, 스스로의 몸에
대해 금기시해 온 삶에 대한 모든 것을 자신의 언어로 말할
수 있기를 소망한다. 그리고 이 시들을 통해 리치 자신이 바로
그런 소망들을 말하면서 다른 여성에게 같은 경험의 기억을
환기시킨다. 그러면서 리치는 이제까지 두려움에 휩싸였던
삶에서 다시 일상 삶의 구체성을 고집스럽게 '공부'해야 한다고
주장한다. 그것은 아무도 우리에게 삶을 공부해야 한다고 말하지
않았다 해도, 모든 것이 우리 너머 있다 해도, 우리 여성은 우리의
삶을 집요하게 공부하면서 이어 가자는 주장이기도 하다.

　총 서른아홉 편으로 된 이 시집은 리치가 1974년부터
1977년까지 발표한 시 작품들을 모은 작품집이다. 이 시기
리치는 남편 콘래드의 죽음 이후 겪었던 충격과 아이들 양육에
대한 부담에 얼마간 적응하거나 극복한 상태였고, 특히 죽을

때까지 동반자로 살게 되는 미셸 클리프를 만나 두 사람의
관계를 공개했다. 이러한 자전적 요소들이 이 시집의 작품들에
크게 반영된 것은 아니지만, 2부 '스물한 편의 사랑 시'와 가장
마지막에 실린 「초절기교 연습곡」은 리치의 사생활의 단면을
보여 주는 작품으로 읽을 수 있을 것이다. 다만 시인의 성
정체성을 반영한다는 제한적 관점에서 그녀의 작품을 읽을
경우, 리치가 이 시집 전반에 걸쳐 전달하는 여성 동질성이나
여성 연대 의식, 나아가 여성 스스로 자신을 사랑하고 격려하며
여성이 서로 소통할 수 있는 공통 언어를 창조해야 한다는
리치의 문제 의식 등을 놓칠 수 있다. 즉 리치의 이 작품집은
리치의 여성 시인으로서의 변화와 발전 과정으로 읽을 필요가
있다.

　이전의 작품들에서 리치는 여성의 삶을 역사에서 지워진,
즉 역사 기록을 주도해 온 남성의 시선을 반 정도밖에 받지
못했다는 점을 지적하는 것에 집중했다. 그런데 이 작품집을 통해
리치는 이제 남성의 시선과 언어가 아닌 여성의 관점과 언어로
여성 존재에 대해 새로이 규명하고 여성의 삶을 여성 언어의
창출을 통해 다시 기술하고 재해석하려는 의지를 구체화한다.
여성의 내면을 억제해 온 사회 체제와 그 기저에 숨어 있는
편견들을 해체하고, 여성이 인간으로서 지닌 본연의 내면을
그대로 받아들여 표현하려는 욕구를 리치는 이 작품집 곳곳에서
형상화하고 있다. 물론 그 시도와 주장이 이 시점에서 완결되거나
성공적인 시적 성취를 이뤘다고는 말할 수 없을 것이다. 이후
리치는 여성들의 연대와 여성의 삶을 형상화하는 여성 언어에
대한 꿈을 계속 밀고 나아갔고, 이 시집에서 다루는 주제들을
보다 확장하고 현실에 적용하여 구체적인 이론과 방법으로
제시하였다. 『공통 언어를 향한 꿈』은 리치의 여성 시인으로서의
경력에서 다음 단계를 내딛는 중요한 전환기적 시집이다.

세계시인선 37   공통 언어를 향한 꿈

1판 1쇄 펴냄 2020년 3월 8일
1판 2쇄 펴냄 2021년 9월 15일

지은이   에이드리언 리치
옮긴이   허현숙
발행인   박근섭, 박상준
펴낸곳   **(주)민음사**

출판등록   1966. 5. 19. (제16-490호)
주소   서울시 강남구 도산대로1길 62
            강남출판문화센터 5층 (06027)
대표전화   02-515-2000   팩시밀리 02-515-2007

www.minumsa.com

ISBN 978-89-374-7537-5 (04800)
        978-89-374-7500-9 (세트)

* 잘못된 책은 구입처에서 교환해 드립니다.